Ralf Thain

2. Reihe rechts.
Gleich neben dem Drummer!

(Erinnerungen eines Rock ‚n' Roll-Bassisten)

www.tredition.de

IMPRESSUM:

© 2016 Ralf Thain
Umschlaggestaltung: © 2016 kreativ B.druckt, Marl
Umschlag-Layout: Stephanie Breitfeld
Klappentext: KFK Kerstin Feddersen, Hamburg
Lektorat, Korrektur: Friedhelm Zühr, Berlin
Foto Frontcover: © 2016 Fotolia.de
Foto Backcover: © 2016 STR Direkt GmbH, Marl
Gesamtrechte: © 2016 STR Direkt GmbH

Druck und Verlag: tredition GmbH, Hamburg

ISBN
Paperback   978-3-7345-8476-3
Hardcover   978-3-7345-8477-0
e-Book   978-3-7345-8478-7

Printed in Germany

Bibliografische Informationen der Deutschen Nationalbibliothek

Die Deutsche Nationalbibliothek verzeichnet diese Publikation in der Deutschen Nationalbibliografie; detaillierte bibliografische Daten sind im Internet über http://www.dnb.dnb.de abrufbar.

Weitere Fotonachweise und Quellenangaben im Anhang.

Inhaltsverzeichnis

Kapitel 1 – 50er

Ich heiße Horst-Rüdiger. Ihr könnt mich, wie alle meine Kumpels, Hotte nennen. In diesem Büchlein möchte ich euch einmal meine Geschichte erzählen. Die Geschichte eines Arbeiterkindes, das in den 1950er Jahren mit Musik aufgewachsen ist, diese lieben gelernt hat – neben anderen schönen Sachen natürlich - und die aus dieser Liebe später entstandenen Ergebnisse und Erlebnisse.

Der typische Arbeiterhaushalt in den besagten 1950er Jahren bestand regulär aus einem Alleinverdiener, der die Kohle hereinbrachte und seiner Ehefrau, die für den Haushalt und die Erziehung der Kinder zuständig war. Und Kinder gab es viele. Von einem Einzelkind bis acht oder mehr pro Haushalt, das war zu dieser Zeit keine Ausnahme. Eine Ausnahme war allerdings noch der Besitz eines Fernsehgerätes. Diese Dinger waren für den Otto Normalverbraucher grundsätzlich zu teuer. Und meine Eltern kauften generell nichts ‚auf Pump‘, wie man damals den Ratenkauf landläufig nannte. Ratenkäufe wurden von denen, die es machten, regulär nicht über Banken oder Sparkassen abgewickelt, sondern meist über die Händler, bei denen der Fernseher (die Möbel und so weiter) gekauft worden war. Es gab nämlich noch keine Kontenpflicht für Arbeitnehmer, wie wir sie heute kennen. Diese Kontenpflicht kam dann allerdings etwas später und so nahmen Kredite, die über Banken und Sparkassen abgewickelt wurden, auch analog zu.

Also: Noch keine oder wenig Fernseher. Dafür liefen überall in den Haushalten die Radios als Alternative und vielfach eben als die einzige Unterhaltungsquelle. Neben

der Tageszeitung war das Radio also nicht nur Nachrich-
tenüberbringer, sondern auch das Unterhaltungsmedium
der ersten Wahl. Bei uns zum Beispiel war das so ein Ding
des Herstellers NORDMENDE. Das Teil mit dem sogenannten „magischen Auge", das als grünes Lichtlein an-
zeigte, wann die beste Empfangsfrequenz gegeben war.
Das Gerät lief im Hintergrund den ganzen Tag. Meine
Mutter konnte sich so wenigstens ein bisschen von der all-
täglichen, schweren Hausarbeit ablenken. Erst wenn Vater von der Schicht kam, wurde das Ding ausgeschaltet.
Der Mann hatte Wechselschicht, aß zu Mittag (oder zu
Abend, je nachdem) und legte sich anschließend ermüdet
von der schweren Arbeit unter Tage dann auf `s Ohr. Na-
türlich wurde vorher noch die aktuelle Tageszeitung studiert. Samstags und montags vor allem der Sportteil. Was
Vater betraf.

Letzteres, also dieses Zeitung lesen, kam mir später, so
mit drei oder vier Jahren, sehr zugute. Mein Vater las mir
aus der Zeitung vor, erklärte mir die Buchstaben und
Worte und so war ich bereits relativ früh des Lesens
mächtig. Das Verstehen kam dann automatisch von alleine oder mit Erklärungen. Das wiederum war für meine
Mutter ein Grund, mich bereits vor Beginn oder zu Beginn
meiner Schulzeit im damals sehr angesagten „Bertels-
mann Lesering" anzumelden. Das war so eine Art Buch-
club im Abonnement. Hier hatte man dann – heute würde
man sagen: ein Abo – und sollte oder konnte, je nachdem,
wie man das auslegen möchte, zwei oder drei Bücher zu
einem Vorzugspreis erstehen. Oder auch, etwas später,
Schallplatten. Alle Bücher waren überdurchschnittlich
gut verarbeitet, auf bestem Papier und in durchaus für damalige Verhältnisse luxuriöser Ausstattung. Ich denke

nur allein an meine Karl-May-Bände: Echt-LederRücken mit Goldschnitt! Sahen edel aus in meinem Bücherregal.

„Lesen bildet!" Das gehörte mit zur Erziehung und zwar nicht nur in den finanziell bessergestellten Haushalten mit Kindern.

Wie meine Eltern das damals alles gemacht hatten bei nur einem Verdiener: Hut ab! Und Danke! Denn zwanzig oder dreißig Mark alle drei Monate waren zu der Zeit nicht gerade ein ‚Pappenstiel', wie man das damals ausdrückte.

Doch zurück zur Radioberieselung. Bereits als Baby und Kleinkind wurde ich also mit Musik aus dem ständig laufenden Radio versorgt. Zwischendurch nur unterbrochen von Nachrichten. Werbung, wie man sie heute im Radio hört, gab es noch gar nicht. Der beste empfangbare Kanal war die Ultrakurzwelle, kurz UKW genannt. Daneben gab es zwar noch Mittelwelle (MW), Kurzwelle (KW) und Langwelle (LW). Die waren aber nur mit äußerst unangenehmen Störungen zu empfangen, wenn man nicht über eine Außenantenne verfügte. Also beschränkte man sich hauptsächlich auf UKW, auf der die wichtigsten deutschen und teils auch ausländischen Sender zu empfangen waren.

Hatte mein Vater am Wochenende eventuell einmal frei, dann hörte er, wie alle fußballbegeisterten Männer, Sport. Damals wurden Fußballereignisse im Radio noch „live" übertragen. Und zwar komplett. In den Halbzeitpausen der Spiele gab es dann Nachrichten. Und wieder Musik. Es war also so gut wie ausgeschlossen, falls man entsprechend veranlagt war, nicht musikaffin zu werden. Und genau das betraf mich. Das war ich. Oder besser wurde ich: musikaffin.

Von der Wiege bis zu Beginn meiner Schulzeit hörte ich also Frank Sinatra, Glenn Miller, Duke Ellington, Doris Day, Nat King Cole, Miles Davis und andere Künstler aus den USA. Die Deutschen hatten hier in den 50er Jahren nämlich Nachholbedarf, nachdem sie in Deutschland in den 40er Jahren ausschließlich deutsche Musik hören konnten. Das zog sich wegen des Krieges fast bis an `s Ende der 40er Jahre. Und so war die neue Musik aus der Neuen Welt schon sensationell anders und brachte eine nicht zu unterschätzende Abwechslung.

Leider brachte es auch mit sich, dass ich mir so Sachen wie Bully Buhlan mit „Ich hab noch einen Koffer in Berlin", Marikka Rökk, Heinz Rühmann und Ilse Werner zwangsweise anhören musste. Der 1949er Hit „Wer soll das bezahlen?" von Jupp Schmitz erklingt heute noch zum Karneval und Glenn Millers „Chattanooga Choo Choo" und Bing Crosbys „White Christmas" sind ebensolche Dauerbrenner, die heute noch zu hören sind. Und das sicher zu Recht.

Die Pfeiferei von Ilse Werner, ohne Frage ein gewisses Talent, und der von seiner Körpergröße her relativ eher kleine Heinz Rühmann, der angeblich „Die Herzen der stolzesten Frau' n" brach? Nö. Das war nicht meine Musik. Einerseits war der aus den USA hinübergekommene Swing auch bei uns gern gehört. Vor allem so Schmusedinger von Frank Sinatra, Tommy Dorsey und Perry Como. Anderseits wurden die rockigeren Klänge von zum Beispiel Fats Domino, Chuck Berry, Bill Haley und Elvis Presley der Einfachheit halber als ‚Negermusik' abgetan. Wenigstens von den doch sehr konventionell hörenden Deutschen ab einer gewissen Altersstufe. Hinzu kam, dass kein Mensch textlich was verstand. Von Ausnahmen natürlich abgesehen. Doch hier seht Ihr schon den Widerspruch in sich. Textlich vorgetragener Swing der 40er wurde auch in Englisch gesungen. Na ja. Lassen wir das erst einmal. Die Erfolge dieser Hits waren wohl vornehmlich der Melodieführung und dem Rhythmus geschuldet und weniger den textlichen Inhalten.

Mir kam jedenfalls damals schon entgegen, dass ein Herr namens Les Paul Anfang der 40er Jahre seine erste elektrische Gitarre vorstellte. Und dieser ungeheure Schritt zur Elektrifizierung von Musikinstrumenten wurde wichtig für die weitere Entwicklung der Musik - und damit auch meiner Person.

Der Jazz- und Big-Band-Stil der 1940er Jahre ist langsam aber sicher vom Boogie-Woogie-Blues und Bebop-Jazz abgelöst worden und dieser hatte letztendlich den größten Einfluss auf die Rock'n'Roll-Musik der 1950er Jahre.

Da war aber die Rock'n'Roll-Musik schon längst „elektrifiziert". Elektrische Gitarren, Orgeln der Firmen Wurlitzer und Hammond und E-Bässe waren in den diversen Musikstilen gleichberechtigt neben den akustischen Kontrabässen oder Violinbässen und akustischen Gitarren und Pianos.

Die Rock'n'Roll-Generation, die aus der Neuen Welt musikalisch zu begeistern wusste, war neu, laut und brachte dissonante Klänge in die heile Welt der deutschen Wohnzimmer. Weiße Künstler wie Haley und Presley intonierten den schwarzen Rhythm'n'Blues, schwarze Bands stürmten die weißen Charts, die erstmals Anfang der 40er Jahre in gedruckter Form vorlagen. In diesen Charts wurden Verkäufe und damit Erfolge gemessen. Und zwar auf internationalem Parkett und nicht nur in einzelnen Ländern.

Die Wurzeln dieser populären Musik lagen im Swing, im Jazz und im Blues. Ende der 1940er Jahre entwickelte sich hieraus „weißer" Rhythm'n'Blues, allerdings ohne die schwarzen Künstler zu verdrängen. Alles hatte seine Daseinsberechtigung. Nebeneinander. Und Plattenfirmen wir Chess Records, Stax Records, Atlantic, nur als einige von vielen Beispielen aus dieser Zeit genannt, schossen wie Pilze aus dem Boden.

Neben Ted Herold und Peter Kraus aus der deutschen Rockfraktion hatten Zarah Leander und Vico Torriani oder auch Conny Froboess Hits im Bereich ‚Schlager'. Bei mir hatten aber die Amis und die zu dieser Zeit aufkommenden Engländer mit Cliff Richard & The Shadows und Gerry & The Pacemakers allererste Chancen gehört zu werden. Mehr oder weniger wieder zwangsweise natürlich.

Und so kann ich mich dunkel daran erinnern, dass meine kleinen Füßchen schon als Kleinkind im Rhythmus der Takte zuckten. Was meine Mutter dahingehend begeisterte, als dass sie jedem Besucher, der zu uns kam, dieses unglaubliche Ereignis vorzuführen gedachte. Klappte manchmal. Aber nicht immer. Eben dann weniger, wenn nicht die richtige Musik im Radio lief…

So kam es, dass ich mir anstatt eine Eisenbahn zu Weihnachten im Jahr meiner Einschulung zu wünschen, lieber ein Transistorradio gehabt hätte. Dieser Wunsch wurde mir erfüllt. Die Eisenbahn kam etwas später, zu meinem Geburtstag. Jetzt war ich Besitzer eines Transistorradios, im Volksmund auch „Kofferradio" genannt, wiederum der Marke NORDMENDE. Hellbraune bis beige Kunstlederbeschichtung. Vier Tasten oben, für jede Welle eine. Und ein Drehrad an der Frontseite zum Einstellen der Sender. Laut und leise waren über ein Rändelrädchen oben rechts einzustellen, Höhen und Tiefen über ein weiteres Rändelrädchen oben links.

Es begleiteten mich ab sofort musikalisch Elvis Presley mit „Jailhouse Rock", „Hound Dog", „Blue Suede Shoes", „Don' t Be Cruel". Ritchie Valens mit „La Bamba". Chuck Berry mit „Johnny B. Goode". The Platters mit "Only You" und "The Great Pretender". The Everly Brothers mit "All I Have To Do Is Dream" und "Bye, Bye Love". Ebenso aber Little Richard ("Long Tall Sally"), Frankie Lymon & The Teenagers ("Why Do Fools Fall In Love") und so weiter. Paul Anka kam 1957 mit "Diana" groß heraus.

Das war nur eine kleine, willkürliche Auswahl der internationalen Interpreten und Hits der 1950er Jahre bis Anfang der 1960er Jahre. Wie man nachvollziehen kann stammten die erfolgreichsten Künstler aus dieser Zeit überwiegend aus den USA. Das heißt aber nicht, dass es in Großbritannien oder Deutschland keine erfolgreichen Künstler und damit Hits mehr gab. Waren die 1930er Jahre noch von Songs wie „Mein kleiner grüner Kaktus" und „Veronika, der Lenz ist da" von den damals erfolgreichen, später verbotenen Comedian Harmonists oder „Lili Marleen" von Lale Andersen geprägt, auch der Modetanz Charleston aus den 1920er Jahren war noch nicht ganz ausgestorben, generierten die großen Platten- und Filmkonzerne aus den USA neue Umsatzmöglichkeiten, indem sie Ende der 40er, Anfang der 50er Jahre beispielsweise am Broadway aufgeführte Musicals filmisch umsetzten und diese so dem breiten Publikum nebenan im Kino um die Ecke anboten. Ein Riesenerfolg weltweit.

Bald gab es dann dazu die orchestralen Umsetzungen bei uns auf Langspielplatten zu kaufen und der Trend setzt sich bis heute eigentlich fort. Filmmusiken ohne

Ende. Oder doch: Die sind in den letzten Jahren, heute betrachtet, tatsächlich weniger geworden. Man denke an die im Kino und im TV gesehenen Musicals wie „Grease" oder, noch erfolgreicher, „Saturday Night Fever". Untermalt von 70er-Jahre Disco-Musik.

Es wurde dann irgendwann damit begonnen, Konzerte, auch klassische, filmisch mitzuschneiden und in Kinos und später im TV aufzuführen. Operetten, Opern, Musicals. Alles konnte ab den 1960er Jahren im boomenden TV-Markt an den Mann und die Frau gebracht werden. Es gab dann in den Privathaushalten in den 1960er Jahren immer mehr TV-Geräte. Zunächst zwei Sender, später dann drei Sender. Bis zum Erfolg der Etablierung der heute bekannten und ständig wachsenden Privatsender war es noch ein großer Schritt und ein weiter Weg.

Und so blieb uns zunächst weiter das Radio erhalten als Musik- und aktuelle Nachrichtenquelle erster Wahl.

Für mich galt ab sofort: Keine Schularbeiten ohne Hintergrundbeschallung von Musik aus meinem Kofferradio!

Die Schnittstelle der populären Musik aus den USA war Großbritannien, unter anderem auch wegen des Soldatensenders BFBS. Und so spülten die Engländer ihre eigene Musik gleich mit zu uns hinüber.

Der Rock'n'Roll war aber nicht nur eine Musikrichtung oder ein Musikstil, sondern auch eine tänzerische Ausdrucksform. Dieser Tanz löste den in den 40er Jahren populären „Lindy-Hop" ab. Der Rock'n'Roll ist heute noch ein populärer Tanz und gehört zu den 15 Tänzen des Welttanzprogramms.

Kapitel 2 – 60er

Wer jetzt mitgelesen und ein wenig verifiziert hat, der wird festgestellt haben, dass sich die Musikstile in jedem Jahrzehnt eigentlich fast revolutionär verändert haben, ohne dass der eine oder der andere Stil oder die eine oder andere Richtung völlig von der Bildfläche verschwunden wäre. Der Leser möge bitte an die Umbrüche in den 50er Jahren und Mitte der 1960er Jahre denken und diese einmal vor seinem geistigen Auge Revue passieren lassen, sofern er sie selbst miterlebt hat oder sich anderweitig, zum Beispiel im Internet oder aus einschlägigen Fachzeitschriften, informieren konnte.

Als Schuljunge galt also für mich Freizeitbeschäftigung in folgender Reihenfolge: Mit den Kumpels Rumtoben, am besten draußen, Lesen und Musik hören. Musik hören bevorzugt natürlich bei Radio Luxemburg und – extrem wichtiger – beim BFBS, der wöchentlich seine Top Twenty sonntags ab 10 Uhr vorstellte. Mitschneiden ging natürlich auch, wenn man denn ein Tonbandgerät hatte. Kassettenrecorder kamen erst etwas später heraus. Mitschneiden sah bei mir wie folgt aus: Kleines 6 cm-Spulentonband (auch ein Geschenkwunsch, der mir von meinen Eltern erfüllt wurde) eingeschaltet, kleines Mikrofon vor den Lautsprecher des Kofferradios gestellt. Fertig war das Aufnahmestudio. Und immer schön aufpassen, dass der Radio-DJ nicht vorzeitig dazwischen quasselt. Das klappte natürlich nicht immer, war aber egal. Das war jedenfalls immer noch billiger, bis eben auf die Leertonbandspulen, als alle neuen Platten sofort zu kaufen. Das ging natürlich gar nicht. Der Preis für eine Single schwankte von anfänglich DM 3,90 bis später gar DM

4,95. LP`s, also Langspielplatten gab es ab DM 12,00, aktuellere nicht unter DM 18,00 oder DM 19,00 und die Mitte der sechziger Jahre aufkommenden Doppel-LP`s waren unter DM 22,00 und mehr nicht zu bekommen.

Mein nächster Schritt war dann die Anschaffung eines Plattenspielers. Marke: PHILIPS. Lautsprecher war im Deckel des Gerätes eingebaut. Das war also sozusagen schon Luxusklasse im Kompaktformat. Alles Plastik. Das spielte jedoch nur eine untergeordnete Rolle.

Dann schenkte mir eine Freundin meiner Mutter eines Tages meine erste Single: ‚She Loves You' von den Beatles. Der Knaller dabei war, dass meine Mutter darauf bestand, dieses Meisterwerk der frühen 60er Jahre in der deutschen Übersetzung anzuschaffen. Oder gar nicht. Zähneknirschend stimmte ich natürlich zu, denn der Plattenspieler sollte ja ausprobiert werden. Und so nahm das Unglück seinen Lauf: Täglich mehrfach rauf und runter wurde dann ‚Sie liebt dich' genudelt und ebenso oft die ebenfalls auf Deutsch intonierte Rückseite: ‚Komm gib' mir deine Hand', im Original: ‚I Want To Hold Your Hand'.

Fürchterlich. Allein schon dies zwangsweise Eingedeutschte im Verbund mit dem teils schlecht übersetzten Originaltext. Grausam.

Es dauerte allerdings nicht lange, bis ich erkannte, dass der Gegenpart zu den damals aktuellen Beatles doch eher die mehr blueslastigen Rolling Stones waren und mir diese musikalisch gesehen mehr lagen als die anfangs eher poppig herüberkommenden Beatles. Sorry Beatles-Fans. Die Einflüsse auf die Musiker und damit die Musik der beiden Kontrahenten änderte sich selbstverständlich im Laufe der Jahre und beide hatten sicher ihre Fans und Erfolge und ihre Existenzberechtigung. Die Stones von

1962 bis 1968, in den Anfangsjahren noch mit Brian Jones: Das waren für mich die amtlichen und korrekten Stones und diese ganz prägnant im Blues verwurzelte Musik für meine musikalische Entwicklung wichtig. Ich wurde zum Bluesliebhaber. Bei den Beatles habe ich dann bei „Sgt. Peppers Lonely Heart Club Band" aufgehört, diese zu mögen. Dazu später mehr.

Wo bei den einen als Komponisten-Duo Lennon/McCartney hauptsächlich zeichneten, waren das auf der anderen Seite Jagger/Richards, obwohl ich mir sicher bin und es man zeitweise immer wieder einmal nachlesen kann, dass der leider viel zu früh verstorbene Brian Jones nicht unerheblichen künstlerischen Einfluss auf den musikalischen Output der Stones hatte. Sozusagen als kreativer Anschieber im Hintergrund und leider kaum genannt und damit unterdrückt.

Ähnlich, so stellte ich später fest, war es bei anderen vielen Bands aus dem Rockbereich.

Da meine Eltern es immer gut mit mir meinten, war insbesondere meine Mutter irgendwann der Meinung: DER JUNGE KÖNNTE DOCH AUCH EIN INSTRUMENT LERNEN!

Ja, dachte ich so bei mir. Da bin ich dabei. Am liebsten Klavier. Das ging aber leider nicht, da in den 3 ½-Zimmer-Wohnungen wenig Platz für so ein Instrument war und auch preislich lag so etwas über allem Budget.

Gitarre? Nee, meinten meine Eltern. Macht ja jeder heutzutage. Was wurde mir aufgezwungen? Akkordeon. Toll. Ein Akkordeon gehörte sicher nicht zu den Instrumenten, die in die damalige Zeit noch unbedingt reinpassten. Das war ja eher etwas für die HOHNER-Klänge oder Seeleute oder was weiß ich.

Mit Aussicht auf das Erlernen von Noten nahm ich aber das Angebot an und fand mich kurz darauf als Besitzer eines HOHNER Student 40 wieder - und auf dem Hocker eines Musiklehrers der alten Schule. Der war so ungefähr zu dem Zeitpunkt, als ich mit dem Musikunterricht begann, jenseits der 70 und hatte natürlich völlig vorsintflutliche Vorstellungen von Musik. War aber ein toller Lehrer mit viel Feingefühl, Ausdauer und Verständnis. Bei ihm konnte man wirklich lernen, und zwar wegen eben seiner unglaublichen Geduld, vermutlich mehr, als woanders. Da war ich mir ziemlich sicher und das wurde mir später auch von anderen Seiten bestätigt. Musikschulen, so wie wir sie heute kennen, gab es nicht und im Schulunterricht wurden in der Musikstunde lediglich ein paar Liedchen geträllert, mit denen man allerdings außerhalb der Schule keinen großen Staat machen konnte.

Die Wände in dem kleinen und eigentlich auch schäbigen Ladenlokal des besagten Musiklehrers, in dem man sich kaum umdrehen konnte, hingen voller Gitarren: Wandergitarren, Westerngitarren, Konzertgitarren, Ukelelen und Banjos. Alles akustisch. Keine E-Gitarren oder gar E-Bässe. Keine Dobros. Und wirklich überhaupt nichts „Elektrisches".

Nachdem ich in den ersten Monaten in die Feinheiten der Notation eingeführt wurde und auch bereits kleinere Musikstücke ohne Ablesen aus einem Notenbuch beherrschte (da staunte der Lehrer nicht schlecht), kam ich schließlich über die Harmonielehre zu schwierigeren Aufgaben, die mir gestellt wurden und die ich mehr oder weniger gut meisterte.

Und dann war ich mir sicher und es wurde mir von dem Musikpädagogen auch bestätigt, dass Musik der Mathematik gleichzustellen ist. Krummes Denken bei der Lösung von Aufgaben eingeschlossen. Musik = Mathematik!

Nach zwei Jahren oder kurz vor Ablauf von zwei Jahren, war ich der Sache dann überdrüssig. Ein Akkordeon kann ein Soloinstrument sein, aber auch ein Gruppeninstrument. Nur hatte ich gar keine Lust bei irgendwelchen Familienfesten meine Künste darzubieten. Insbesondere nicht vor dem Hintergrund, als dass überall, so auch bei uns, sogenannte Beatgruppen entstanden. Schüler, Studenten, Auszubildende, damals noch Lehrlinge genannt. Beatbands wurden an Schulen, Universitäten oder irgendwo im Keller gegründet. Hobbymusiker eben. Und alles, bis auf die Drums, elektrisch.

Das Akkordeon als Beatband-Gruppeninstrument einzusetzen war in unseren Bereichen schwierig. Es gab zwar Zusammenschlüsse wie zum Beispiel die regional etablierten HOHNERKLÄNGE, also reine Akkordeonorchester. Doch das war wirklich nichts für mich. Später hörte man Akkordeons im Cajun- und Zydeco-Bereich als Solo- oder Begleitinstrumente. The Hooters zum Beispiel nutzten oder nutzen ein Akkordeon neben Streich- und Blasinstrumenten für gelungene musikalische Ergüsse. Das waren aber Zwischenspielereien, die mehr oder wenig zufällig passten oder kompositorisch passend gemacht wurden. Und wenn heute Shanty-Gruppen in ihren Seemannsliedern neben Gitarren ein Akkordeon vergewaltigen, ist das auch so in Ordnung. Das ist aber nicht meine Musik. Auch nicht gewesen.

Ich brach den Akkordeonunterricht bis auf weiteres ab und der Musiklehrer fragte mich, was ich denn eventuell für ein anderes Instrument noch gern beherrschen würde.

Er hatte vielleicht mein Potential erkannt? GITARRE! Das war meine spontane Antwort. „Wenn du dir eine Gitarre aussuchen könntest, was würdest du denn gerne für eine Gitarre spielen wollen?", ließ er nicht locker.

„Natürlich eine FENDER!", war meine Antwort.

„FENDER?", schoss es aus ihm heraus. „Das ist doch keine Firma. Die bauen in Amerika Waschmaschinen!", erklärte er mir. Trotz meines noch jungen Alters war ich mehr als baff ob dieser Antwort. FENDER hat meiner Kenntnis nach noch nie Waschmaschinen gebaut. Genau so wenig wie GIBSON oder RICKENBACKER Trockenschleudern. Damit war der Musiklehrer, bei allem Respekt, für mich erledigt.

Ich nahm auf Wunsch meiner Eltern noch einige Monate Klavierunterricht, auch wenn wir weder ein Klavier noch ein anderweitiges Tasteninstrument besaßen. Üben konnte ich bei einem Schulfreund zu Hause einmal die Woche. Die hatten eine PHILIPS Philicorda im Kinderzimmer stehen. Sehr teuer damals noch und unter uns Bengels und Möchtegern-Musiker immer als „Schweineorgel" bezeichnet. Kein Vergleich zu HAMMOND oder gar WURLITZER. Letzteres waren Instrumente, die damals in der aufkeimenden Beat- und Rockmusik Verwendung fanden. Und eigentlich aus dem kirchen- und/oder orchestralen Bereich kamen und umfunktioniert wurden.

Analog zu den vielen Unterrichtsstunden im musikalischen Bereich waren natürlich die regulären Schulstunden, die Hausaufgaben und alles, was damit zusammenhing, nicht zu vernachlässigen. Und da ich immer schon der Meinung war „multitaskingfähig" zu sein, bereitete mir das keine Schwierigkeiten.

Keine Vernachlässigung also bei den sozialen Kontakten zu meinen Kumpels, mit denen ich immer noch gern herumtobte und Streiche ausheckte und keine Vernachlässigung bei meinem Zweithobby, dem Lesen. Nichts kam zu kurz. Alles musste nur in ihren Abläufen feingetunt werden. Organisieren konnte ich schon damals ganz gut.

Der Musikunterricht und die damit verbundenen Proben und Übungen auf den Instrumenten veranlassten mich irgendwann dazu, die von mir aufgenommenen Musikstücke, also die HITS aus den Top Twenty, die sich auf Band befanden und die Songs, die mir als Schallplatten vorlagen, zu analysieren.

Begonnen habe ich, da erinnere ich mich noch ganz genau, mit dem Titel ‚San Franciscan Nights' von Eric Burdon & The Animals. Text herausgehört, aufgeschrieben. Als nächstes dann die Instrumente, und zwar einzeln: Zuerst die Gitarre(n), die Orgel, den Bass und, falls ich es für erforderlich hielt, die Drums. Nicht „notenmäßig" notiert, sondern lediglich nach Gehör niedergeschrieben.

Nachdem mir der Sohn einer Bekannten meiner Mutter eine gebrauchte Gitarre zum Kauf anbot, schlug ich für DM 100 zu. Es handelte sich um eine gebrauchte und ziemlich abgenudelte GUILD A150 Savoy Blonde. Resonanzkörper mit den sogenannten F-Löchern. Nachträglich aufgesetzte, billige Tonabnehmer. Form: Cutaway. Also eigentlich mehr eine Jazz-Gitarre.

Ich habe dann erst einmal die qualitativ billigen Saiten gegen bessere ausgetauscht und begann, mir die ersten drei Akkorde mit Hilfe eines bereits Gitarre spielenden Kumpels anzueignen.

War ganz nett. Befriedigte mich aber eigentlich nicht wirklich, obwohl ich durchaus in der Lage war, einfacher gestrickte und aktuelle Hits nachzududeln.

Mit drei Akkorden konnte man schon ganz nette Musik machen.

Und so kam es dann, wie ich es mir vorstellte: Die erste Band wurde gegründet. In einer Lagerhalle eines Kumpels, dessen Vater einen Getränkefachvertrieb hatte. Der besagte Kumpel besaß ein Schlagzeug. Preiswerte Ausgabe. Aber zunächst sicher einmal ausreichend für das, was wir vorhatten. Nämlich proben, üben, proben, üben. Meine zusammengekritzelten Aufzeichnungen waren dabei sehr hilfreich. Wir mussten nämlich nicht erst großartig noch einmal alles mehrfach anhören, sondern konnten nach einmal anhören mit den Proben beginnen. Einfach anfangen, das war die Devise. Nach Gehör. Die eine oder andere Nacharbeit, die erforderlich war, führte dann schließlich zu den gewünschten Erfolgen.

Meine Gitarre wurde in ein altes umgebautes Radio eingestöpselt. Peng! Verstärker war fertig. Zumindest meiner. Der Bassist hatte allerdings Schwierigkeiten. Daher hat er zunächst einmal ohne Verstärker, also sozusagen akustisch, mitgearbeitet. Das war aber natürlich nicht so das Gelbe vom Ei, da er kaum zu hören war. Und die Rhythmusgruppe, also Drums und Bass, sollten schon zu hören sein.

Frustration machte sich nach einigen Stunden breit. Einer wollte lauter sein als der andere. Was natürlich nicht korrekt enden konnte. Geld für Equipment fehlte einfach. Keine der Eltern war in irgendeiner Form bereit oder auch in der Lage, hier etwas beizusteuern. Und so hat sich die

Idee einer Bandgründung zum Zwecke von öffentlichen Auftritten erst einmal erledigt.

Für mich war das Akkordeon sowieso Geschichte. Ebenso wie die Quälerei von Etüdendrückerei auf dem Klavier. Wir hatten nämlich keins. Obwohl: Über die Etüden kam ich später gut mit Imitationen und Improvisationen zurecht. Die Orgelkonzerte von Bach höre ich heute noch sehr gerne. Nun, somit blieb mir bis auf weiteres die Gitarre. Allerdings fühlte ich mich in der Rolle eines Akkorde-Schrammlers alsbald auch nicht mehr wohl. Und wie der Zufall so spielt: Als Untermieterin in unser inzwischen bezogenes Haus mietete sich eine hübsche und junge Frau Namens Elke ein. Ihres Zeichens Sekretärin im Hauptberuf und Bassistin in einer Top-Forty-Band, die ihr Verlobter betrieb, im Nebenberuf. Und Besitzerin eines FENDER Jazz Basses. Original. Keine Kopie. Kein Nachbau. Korrektes Instrument! Amtlich, so würde der Musiker jetzt sagen.

Welch ein Glück. Ich konnte es kaum fassen. Die spielten doch tatsächlich jedes Wochenende in einer der aktuell angesagten Film-Tanz-Bars die Top-Forty rauf und runter. Und noch mehr. Und ich durfte zu den Proben mit. Da in den 60er Jahren, wie heute noch, fast jede Woche hunderte neuer Titel aus der ganzen Welt erschienen, die zum kleinen Teil auch noch, Ruck-Zuck, in allen Charts waren, hatten die gemeinsam gut zu tun.

Die Band bestand aus gestandenen (Hobby-)Musikern. Alle schon über zwanzig Jahre alt und größtenteils seit ihrer Kindheit, so wie ich, der Musik verbunden. Die Band bestand aus einem Sänger, einem Keyboarder, der auch wahlweise, je nach Bedarf, Gitarre spielte, dem Sologitarristen, eben dem Verlobten von Elke, und Elke höchstselbst, zuständig für Bass und Gesang und einem Drummer, der über ein professionelles Set von der damals angesagten Firma LUDWIG verfügte.

Als ich mich im Übungsraum, einem Kellergewölbe unterhalb eines alten Luftschutzbunkers, umsah, stellte ich fest, dass auch das übrige Equipment der Band äußerst professionell war.

Von so etwas träumte ich damals: FENDER Stratocaster und FENDER Telecaster für die Gitarristen. Hammond B3 mit einer Leslie-Box, abgenommen über einen FENDER Verstärker. Gitarrenverstärker von FENDER. Verzerrer und Wah-Wah-Pedale von VOX. Bestens abgeschirmte Kabel für alle Instrumente und – natürlich – SHURE-Mikrofone.

Abgesehen von der Gesangsanlage, die etwas betagt war (ECHOLETTE mit Bändchenhall), alles vom Feinsten. Ja und dann war da noch ein 120 Watt MARSHALL-Verstärker für Elkes Bass und einer passenden 2x12"-Box. Alles zusammen, einschließlich der Hardware des Drummers, nicht gerade billig, sondern für die damalige Zeit schon Luxusklasse.

Und als die dann anfingen zu proben. Das zog mir schon die Socken aus. Und da ich sowieso im Kopf schon überlegt hatte, auf E-Bass umzusteigen, weil ich ein Freund der tiefen Töne und des Rhythmus´ war, fragte ich zwischendurch die Elke, ob sie bereit wäre, mir bei Gelegenheit mal etwas „Bassiges" beizubringen. Nach kurzer Rücksprache mit ihrem Verlobten, dem Toni, sagte sie zu mir: „Wenn ich tagsüber arbeiten bin und du bist zu Hause, dann habe ich nichts dagegen, wenn du dir meinen Bass aus meinem Zimmer holst und damit etwas übst. Und wenn ich zwischendurch etwas Zeit habe, dann zeige ich dir auch gern ein paar Tricks, Läufe und wie man einen Bass als Melodieinstrument einsetzen kann."

Da war ich baff. Und nahm das natürlich gerne an. Und weil wir in den 60er Jahren waren und Schul-Combos in Zeiten der entstandenen und entstehenden Beatkapellen boomten, es sogar sogenannte Beat-Festivals gab und in den Jugendheimen samstags und/oder sonntags zum Jugendtanz eingeladen wurde, sah ich mich schon als Bassist einer Beatband. Oder besser, der Zeit angepasst, Rock'n'Roll-Band.

Nur, und das sei nicht verschwiegen: Allein im Ruhrgebiet entstanden zu der Zeit Anfang bis Mitte der 60er Jahre bestimmt an die 1.500 sogenannter Beat-Bands. Viele erfolgreich. Ich denke hier an Frederic & The Rangers, The German Blue Flames, die sogar drei TV-Auftritte in einer Musiksendung hatten oder The Dakotas.

Die Band um Toni und Elke probten übrigens nicht nach Noten. Alles nach Gehör. Und alles passte. Die waren jedes Wochenende ausgebucht und verdienten mit der Musik vermutlich damals mehr als in ihren normalen Jobs.

In den nächsten Wochen und Monaten konnte ich von der Schule nicht schnell genug nach Hause kommen. Mittagessen, Schulaufgaben machen, Bass üben. Mal mit, mal ohne Elke. Etliche Saiten gerissen. „Macht nichts", meinte Elke. „Komm. Weiter!" Bei einer der Proben der Band, auf der ich wieder anwesend war, öffnete der zweite Gitarrist einen Koffer, der mir schon früher in`s Auge gefallen war. Inhalt: Saiten über Saiten. Kabel, Stecker und ich weiß nicht mehr was alles. Leute, ich glaube da waren für über DM 500 Saiten drin. Nagelneu. Eugen, so hieß er, sah mich an und meinte trocken: „Muss sein. Geht schon mal viel kaputt. Und alle vier Wochen werden sowieso alle Saiten gewechselt. Wegen des Klangs, weißt du?" Nee. Das wusste ich nicht. Das merkte ich mir aber. Mir war damals noch nicht bewusst, dass neue Saiten sehr, sehr viel bewirken.

Einige Male bemerkte ich bei den Proben, dass ein Metronom mitlief. „Takt halten kann nicht immer jeder gleich. Vor allem nicht, wenn irgendwelche Teile gegenläufig geprobt werden müssen", klärte mich Toni auf. Aha. Wieder etwas gelernt. Und: „Steve Cropper, der braucht kein Metronom!"

Steve Cropper, das war der damalige Gitarrist der Mar-Keys, der Hausband von Stax-Records, die alle großen Künstler dieser in den USA beheimateten Plattenfirma begleitete. Später wurde aus denen dann Booker T. & the MG's. Die hatten Riesenhits damals, z. B. „Green Onions" oder „Time Is Tight" und solche Sachen. Und dann wurde Cropper wirklich berühmt, nämlich als Mitglied der „Blues Brothers Band". Ihr wisst schon. Der Film „Blues Brothers" war ja ein weltweiter Erfolg. Sogar mit Fortsetzung und millionenfach verkaufter Platten.

Das Gegenstück der „Mar-Keys" bei Stax waren „The Funk Brothers" bei Motown-Records. Das waren insgesamt 13 Session-Musiker, die für Motown arbeiteten und die die gleiche Funktion wie die „Mar-Key" bei Stax hatten: Nämlich die Sänger und Sängerinnen zu begleiten und möglichst viele Hits in Zusammenarbeit mit den Plattenproduzenten und Toningenieuren zu landen.

Gearbeitet wurde generell im Studio unter Live-Bedingungen. Das analoge Aufnahmeverfahren erlaubte damals noch keine elektronischen Spielereien. Und mit Stereo oder Quadro war auch nix. Alles ging Mono über die Bühne.

Die später aufkommende Unsitte, dass Analogaufnahmen technisch so überarbeitet wurden, dass da plötzlich Stereo aus den Lautsprechern kam, führte teils zu nicht berauschenden Ergebnissen. Mit der später eingeführten Digitaltechnik ließ sich viel manipulieren, aber viel eben auch nicht eben zum Besseren.

Doch zurück zu meiner Wenigkeit.

Ich habe mir also viel abgeschaut und das dann versucht, zu Hause auf dem Bass von Elke umzusetzen. Vieles gelang auf Anhieb; bei einigen Sachen hieß es: Üben und nochmals Üben. Und da ich nicht unbedingt „Klavierfinger" hatte, also lang und schmal und keine allzu großen Hände, dauerte es manchmal länger bei mir. Vor allem beim Umgreifen. Bass zu spielen war also um einiges schwieriger als Akkorde auf einer Gitarre zu schlagen. Obwohl: Bassisten waren nicht gerade die Lieblinge der Gitarristen! Die sahen dich mehr so als „Beiwerk". Als notwendiges. Also wenig Achtung. Das lernte ich dann später auch noch, sehr zu meinem Missfallen.

Meine Eltern sahen meine Bemühungen mit wenig Begeisterung. Dank Elke hatten sie aber nie in irgendeiner Form Einwände laut geäußert. Vermutlich hätte ich mich auch nicht davon beirren lassen. Ich war fest entschlossen, Bassist zu werden.

Meine persönlichen Favoriten hinsichtlich der aktuellen Musik waren ohne Frage The Spencer Davis Group, The Small Faces, The Yardbirds, The Animals, The Rolling Stones, The Kinks, The Pretty Things, The Who, The

Troggs, Canned Heat, The Move, aber auch so „Hitbringer" wie Tommy James & the Shondells, Amen Corner, The Herd, um nur einige zu nennen. Und die sogenannte Bubble-Gum-Music von The Ohio Express oder 1910 Fruitgum Company war trotz ihrer Einfachheit nicht zu vernachlässigen, da ebenfalls „Hitbringer". Und einiges davon war nicht einfach nachzuspielen, obwohl es sich einfach, wenn nicht gar primitiv, anhörte. „Simon Says" zum Beispiel. Die Adaption eines Kinderliedes. Köstlich, sage ich nur!

Das war so in der Zeit bis ungefähr 1966 bis Anfang 1967 mit fließendem Übergang in die 1968er und 1969er Jahre.

Also besorgte ich mir, sofern noch nicht vorhanden und Geld da war, die Platten von den Musikern und Bands, die mir gefielen und schrieb mir nach Gehör wieder Texte und Basslinien heraus und spielte letztere nach. Anfangs mehr schlecht als recht. Elke bekräftigte mich aber und unterstützte mich, wo sie konnte und wie sie Zeit für mich hatte.

Nach einiger Zeit stellte sich heraus, dass Elke wohl bei uns ausziehen würde, da sie und ihr Toni heiraten wollten und eine eigene Wohnung suchten. Schade, dachte ich so bei mir. Natürlich muss man Veränderungen akzeptieren. Das lernte ich schon sehr früh, da es auch in meinem familiären Umfeld immer mal wieder Änderungen gab, die es zu akzeptieren galt. Und diese Einsicht half mir auch im späteren Leben weiter. Ganz egal ob im privaten oder im beruflichen Bereich.

Elke war dann tatsächlich eines Tages weg, ich schloss meine Schule ab und begann eine Ausbildung im kaufmännischen Bereich.

Mit meinen Kumpels hatte ich natürlich weiter Kontakt und lernte in meiner Ausbildung wiederum neue Kumpels kennen. Zwei davon waren wie ich begeisterte Musikliebhaber. Die waren ein oder zwei Jahre älter. Das sollte aber überhaupt keine Rolle spielen, denn wir hatten alle dieselben musikalischen Interessen.

Es gab plötzlich THE JIMI HENDRIX EXPERIENCE mit dem bekannt begnadeten Gitarristen aus den USA. Es gab CREAM mit den Ausnahmemusikern Eric Clapton, Jack Bruce und Ginger Baker. FLEETWOOD MAC, damals noch reine Blueser. CREEDENCE CLEARWATER REVIVAL, BARCLAY JAMESHARVEST, JETHRO TULL, GENESIS, PROCOL HARUM, TEN YEARS AFTER mit dem um die Woodstock-Zeit angeblich schnellsten Gitarristen der Welt, Alvin Lee. Und tatsächlich begann er seine Konzerte mit dem Aufwärmen der Finger, um dann technisch zu explodieren. Hört Euch einmal den Titel "Help Me" aus dem Album "Live At The Fillmore East" an. Dann versteht Ihr, was ich meine, wenn ich von "schnell" spreche.

Dann waren da auch noch VANILLA FUDGE mit ihren auf Hard-Rock getrimmten Covern. Schöne Gänsehaut bekommst du da bei Titeln wie "Eleanor Rigby" oder "You Keep Me Hangin' On". In der einen oder anderen Musikzeitschrift liest man hin und wieder, dass DEEP PURPLE auch mit solchen Covern begonnen haben. Angeblich sollen die sich das von Vanilla Fudge abgeschaut haben. Dazu solltet Ihr die ersten zwei oder drei Longplayer von Deep Purple hören. Scheint etwas Wahres dran zu sein?

Favoriten waren ebenso BLACK SABBATH, FREE, GRAND FUNK RAILROAD, später nur noch GRAND FUNK, HUMBLE PIE, LED ZEPPELIN, NAZARETH,

THE NICE, später EMERSON, LAKE & PALMER. Insbesondere DEEP PURPLE mit ihrem absoluten Meisterwerk "In Rock" lief bei mir sicher mehrere hundert Mal auf dem Plattenteller. Die Musik dieser Bands wurde von mir jetzt und in Zukunft ziemlich ausdauernd konsumiert. Die Twin-Leadguitars, vorher schon von THE GRATEFUL DEAD aus den USA eingesetzt, wurden nun durch WISHBONE ASH aus UK populär. „Barbara Ann" von den BEACH BOYS war immer noch ein Partykracher und durfte nirgendwo fehlen, obwohl schon älter. Gern hörte ich auch in die Jazz-Ecke hinein: WEATHER REPORT, BILLY COBHAM, MAHAVISHNU ORCHESTRA und AL DI MEOLA sind einige Beispiele der Art von Musik, die ebenfalls mein Interesse weckte.

SANTANA überraschten mit völlig neuartigen rhythmusbetonten lateinamerikanischen Einschlägen auf den Bühnen der Welt. Plötzlich war Musik „progressiv". Obwohl mich persönlich die von Journalisten oder Plattenbossen erfundenen Schubladen nie wirklich interessierten. Musik war Musik. Eventuell aus meiner eigenen, völlig subjektiven Sicht, noch zu unterscheiden in Blues, R & B, Jazz, Funk, Rock und Soul.

Das Wörtchen „Funk" in GRAND FUNK RAILROAD stand da nicht zum Spaß. Man höre die ersten drei, vielleicht vier Langspielplatten dieser Formation aus Flint/Michigan in den USA. In die Ecke „progressive Rockmusik" wurde auch IRON BUTTERLFY geschoben. Allein wegen des mehr als zwanzigminütigen Stücks „In-A-Gadda-Da-Vida" und den psychedelisch angehauchten Gitarren- und Orgelpassagen in diesem Stück der Musikgeschichte. Klasse Drum-Solo. Diese Komposition ist einfach nicht mehr wegzudenken.

Klasse Drumsolos konnten aber auch CREAM mit dem aus der Jazz-Ecke kommenden Ginger Baker. Anspieltipp: „Toad". Weitere Beispiele gäbe es viele. Fast unendlich. Singles reichten plötzlich nicht mehr aus, um die musikalischen Experimente und Ausdrucksweisen einzufangen. Singles dienten nur noch als Verkaufsinstrument für die Charts.

Komplexere Musikkompositionen wurden auf Langspielplatten veröffentlicht und mehr als gut verkauft. Somit erschienen die teils endlos gespielten Improvisationen oder komplett durchkomponierten Musiken auf Langspielplatten. PINK FLOYD, ELP, YES beispielsweise konnten eigentlich wegen der Länge der einzelnen oder durchgängigen Stücke nicht mehr auf Singles kopiert werden. Die brauchten mindestens eine ganze Seite einer Langspielplatte. Andere Künstler zogen nach. THE WHO komponierten die Rock-Oper „Tommy".

Klassische Einflüsse, zum Beispiel bei THE NICE und später EMERSON, LAKE AND PALMER, YES, GENESIS und RITCHIE BLACKMORE ließen sich nicht mehr wegdiskutieren. Und wenn die Eltern meinten, alles Blödsinn, dann versuchte ich ihnen einige Musiken vorzuspielen, aus denen ganz klar der Klassikbezug zu erkennen war. Nützte nichts. Oder wenig. Begeisterung sah anders aus.

Der Leser wird aber spätestens jetzt schon bemerkt haben, dass mein musikalisches Verständnis und das damit verbundene Interesse viel weiter ging und nicht bei den Fließband-Hitlieferanten endete oder sich gar nur auf die „progressive" Musik beschränkte. Parallel hörte ich mir auch klassische Musik öfter an. Ohne jedoch einen bestimmten emotionalen Bezug zu finden. Einfach nur der Interesse halber. Die Orgelkonzerte von Bach, gleich von wem intoniert und dargeboten, gehörten und gehören heute noch mit zu meinen Favoriten, die ich immer mal wieder gern anhöre.

Die Swing- und Big Band-Musik großer Orchester aus den 30er und 40er Jahren, die in den 50er Jahren noch populär war und gehört wurde, hat auch Rockmusiker der neuen Zeit beeinflusst.

Ich denke hier zum Beispiel an Maurice Purtill, den Schlagzeuger vom GLENN-MILLER-ORCHESTRA, der ob seiner besonderen Spieltechnik recht vorbildhaft war. Die Besonderheit der Glenn-Miller-Musik war aber auch, dass hier eine Klarinette und ein Tenorsaxofon für die Melodieführung zuständig waren und dann drei weitere Saxofone für die Harmonien. Das war schon irgendwie etwas Neues, selten oder gar nicht Gehörtes bisher. Und so wurde aus der ehemaligen Swing-Dance-Band zu Recht eine der bekanntesten und besten Big-Bands dieses Zeitalters.

Neben Glenn Miller gab es noch weitere, bekannte und erfolgreiche Big-Bands. Hier würde ich gern einmal, stellvertretend für viele weitere, DUKE ELLINGTON nennen.

Nachher kam der Doo-Woop in unseren Gefilden an. Ein Musikstil, der sich aus den Randbereichen New Yorks zu uns hinüberrettete. Geprägt von Musikern, die sich mehr oder weniger spontan an einer Straßenecke trafen, um gemeinsam zu musizieren. Ähnlich der Bluesmusiker aus den Südstaaten.

Sollte sich hier Interesse zeigen, so empfehle ich einmal ROBERT NIGHTHAWK anzuhören: „Live On Maxwell Street". Spontaneität und Improvisationstalent trafen aufeinander. Wobei die Grundlage hier immer der Blues war.

Was mir als Bassist nach dem Auszug von Elke fehlte, war der Bass. Ich besaß keinen. Ich hatte zwar noch ein ausgedientes Akkordeon in der Ecke liegen, wenig gebraucht und wirklich wie neu. Und eine abgenudelte GUILD-Gitarre. Die waren aber zusammen gebraucht weniger Wert als ein neuer FENDER Precision-Bass. Das war nämlich mein Wunschinstrument hinsichtlich der Anschaffung eines E-Basses.

Und so klimperte ich zusammen mit den beiden anderen musikbegeisterten Kumpels in meiner Freizeit wieder ein wenig auf der GUILD herum. Machte aber wirklich nicht viel Spaß. Der Hals war leicht verzogen. Die Tonabnehmer waren teils defekt und ein paar Hundert Mark in eine Generalüberholung stecken? Nee, das war nicht drin.

Vorsichtig fragte ich also bei meinen Eltern an, ob sie mir wohl erlauben würden, das Akkordeon in der Zeitung zum Verkauf anzubieten. Die entsetzten Augen meiner Mutter will ich hier gar nicht erst versuchen zu beschreiben. Mein Vater war da offener und meinte nur: „Bevor das Ding weiter unbenutzt in der Ecke liegt: Hau es weg. Und das Holzscheiß gleich mit." Damit war die Gitarre gemeint. Für meinen Vater war das nur ein bearbeitetes Holzbrett. Wobei er mit dem Ausdruck „Brett" nach Gitarristen-Jargon nicht weit weg von dem gängigen Begriff war. Meine Mutter war zwar nicht ganz auf der Wellenlänge mit der Meinung meines Vaters, sah aber ein, dass das HOHNER eigentlich totes Kapital war, wie sie sich dann ausdrückte. Und gab letztendlich ihr o. k. zum Verkauf des Instruments.

Also ab zur Zeitung, Kleinanzeige aufgegeben und siehe da: Schon kurz nach Erscheinen in der Tageszeitung meldete sich ein Interessent. Es kam zu einem Treffen und der Vorführung des Gerätes. Der Kauf wurde perfekt gemacht und ich war dreihundert Mark reicher.

Der nächste Schritt war der Verkauf der GUILD. Das wurde schwieriger, da man den intensiven Gebrauch dieser Gitarre nicht absprechen konnte; die war hinüber, um es vorsichtig auszudrücken. Allein schon optisch eine Katastrophe. Doch auch hier hatte ich etwas Glück, da ein Nachbarsjunge unbedingt, wie ich damals, Gitarre lernen wollte und er ein preiswertes Instrument suchte. Ich verkaufte ihm die GUILD für fünfzig Mark.

Für dreihundertfünfzig Mark bekommst du aber keine neue FENDER, geschweige denn noch mein Wunschinstrument, den FENDER Precision Bass. Da musstest du damals schon ungefähr eintausendfünfhundert Mark dazulegen. Und gebraucht waren die zu dieser Zeit kaum zu bekommen. Das sind noch heute, je nach Alter, gesuchte Sammlerinstrumente.

Und dann kam Elke (ich war mit der Band immer noch in Kontakt) auf mich zu, hörte sich mein Problem an und drückte mir ein rotes Instrument mit weißer Schlagplatte in die Hand. Einen sogenannten Shortscale-Bass. Besonders geeignet für Umsteiger. Also für Gitarristen, die auf einen Bass umsteigen wollten. Kurze Mensur, etwas klobiger Hals. Ein Pick-Up. Zwei Drehregler, einen für Laut und Leise, einer für die Höhen und Tiefen. Aber in der Not frisst der Teufel Fliegen. Ich nahm das Angebot von Elke dankend an, zumal sie mir noch nicht einmal die dreihundertfünfzig Mark abnehmen wollte, sondern lediglich zweihundert Mark. Und das für ein kaum bespieltes Instrument, das ihr lediglich als Notnagel diente und wie neu wirkte. So sind Musiker. Alles Kumpels. Oder was meint Ihr dazu?

Hinzu kamen noch vier Satz Saiten in jeweils unterschiedlichen Stärken. Ich solle mir die für mich passenden Saiten aussuchen und aufziehen. Die anderen könnte ich behalten, meinte sie zu mir. Ich wusste gar nicht, wie ich mich bedanken sollte. Und dann machte ich ihr und ihrem Toni ein Angebot: Ich würde ihre Hochzeit von der Kirche bis zum Abend fotografisch begleiten. Alle Fotos bekommen sie gratis und ich nur Speis und Trank.

Wurde von den Beiden sofort akzeptiert und wir freuten uns gemeinsam auf den anstehenden Hochzeitstag. Sie sparten so einen Fotografen und ich machte mich bei einem Bekannten, dessen Eltern ein Fotostudio führten, etwas schlau. Ich bekam eine komplette Ausrüstung geliehen. Profiklamotten von CANON. Mit allem Pipapo. Blitzgerät, Tasche, Stativ, Lampen und die entsprechende Einführung, die über zwei Stunden dauerte. Wie ich was zu machen hatte, welche Winkel gewählt werden sollten und mit der mitgegebenen Variolinse war das alles kein Problem.

Der Hochzeitstag kam und ich knipste mir die Finger wund, hatte glücklicherweise einen meiner Cousins dabei, der mir mit den Leuchten und sonstigen Kleinigkeiten half, damit die Bilder auch wirklich was wurden.

Am Ende waren alle sehr erfreut und glücklich. Die Bilder waren toll geworden und die Fotostudio-Eltern schenkten den beiden dann noch ein Album, edles Kunstleder mit Silberschnitt auf Front und Rücken und komplett mit den Fotos bestückt. Von der Kirche bis zum abendlichen Feuerwerk und den Tanz- und Spaßeinlagen. Alles dabei.

Und ich? Ich hatte wieder ein Problem. Denn was nützt dir der E-Bass ohne Verstärker? Recht wenig, wenn auch

Klampfen als Trockenübung durchaus ging. Das war aber wenig professionell, fand ich.

Wie kommt man also als Azubi zu etwas mehr Geld, ohne seine Eltern oder sonstige Verwandte zu belasten? Genau. Man ging arbeiten. Zusätzlich. Am besten am Wochenende, wenn die reguläre Arbeit ruhte. Dafür verzichtet man zwar auf Freizeit, verdiente aber analog Geld, um sich Wünsche zu erfüllen. So kam ich auf den grandiosen Gedanken, meinen Schlagzeugkumpel von damals zu kontaktieren und nachzufragen, ob sein Vater in seinem Getränkehandel eventuell am Wochenende noch eine Hilfe benötigte. Und wieder Glück hoch Drei. Ein Beifahrer für die Auslieferungen an die Gaststätten war krank. Ich konnte sofort anfangen. Wäre aber körperlich nicht so leicht, meinte mein Kumpel. Egal. Und so schleppte ich die nächsten Monate samstags Getränkekisten und Bierfässer. Mal voll. Mal leer. 10 Mark gab es die Stunde. Bei fünf Stunden samstags waren das leicht 50 Mark in der Woche. Nach neun Wochen hatte ich mein Geld für einen Mittelklasse-Verstärker verdient. Ein Kabel und ein Gigbag wären auch noch drin. Vielleicht.

Und so begab ich mich gemeinsam mit meinem Vater eines Tages per Bus in die nächste Kreisstadt. Hier gab es ein großes Musikhaus mit reichlicher Auswahl an allem Möglichen.

Nach Betreten des Musikhauses wurden wir beide überschwänglich höflich empfangen und es wurde nach den Wünschen gefragt. Ich äußerte, dass ich Bassist sei und auf der Suche nach einem Verstärker mit Boxen beziehungsweise einer Bass-Combo sei.

Der Verkäufer führte uns in die hinteren Gefilde seines Ladens und wies in eine Ecke. Dort standen genau zwei

(2 !) Objekte, die eventuell in Frage kämen: Ein VOX und ein DYNACORD BS 408 mit 2 x 12"-Box. Die Box sollte dann auch von dem Vox angetrieben werden, was natürlich nur eingeschränkt passen würde, nicht wahr? Das wäre in etwa so, als wenn du zwei verschiedene Reifenprofile auf einer Achse fährst. Das sind Notlösungen, sonst nichts.

Also keine weitere Alternative vorhanden und auf die Frage nach dem Preis standen dann die Ohren hoch: Der VOX sollte DM 890,00 kosten; ohne Box natürlich. Der DYNACORD sollte DM 670,00 kosten und die Box wäre dann noch einmal mit knapp DM 400,00 zu Buche geschlagen.

Ich sah meinen Vater an, der mit dem Kopf schüttelte und ich nahm den abgebrochenen Gesprächsfaden wieder auf und wir verabschiedeten uns dann höflich.

Mehr oder weniger fluchtartig verließen wir das Gemäuer. Auf der Rückfahrt wurde kein Wort gesprochen. Zu Hause angekommen meinte der Vater nur, dass die wohl alle irgendwie bekloppt sein müssen. Ich konnte ihm in dieser Hinsicht, zumindest eingeschränkt, zustimmen.

Und so ging die Suche nach einem vernünftigen Bassverstärker mit Boxen oder einer Combo weiter.

Durch Zufall, wie das Schicksal so spielt, bekam ich über einen anderen Kumpel mit, dass eine Tanzkapelle aus einer Nachbarstadt ihren Hobbybetrieb einstellen wollte, da die Jungs beruflich zu angespannt waren.

Ich rief die mir übergebene Telefonnummer an und sprach mit dem Leadgitarristen, einem Andreas oder

Andy, der sich mein Gesuch anhörte und mir einen Termin für eine Besichtigung des Equipments der Band nannte.

Am darauffolgenden Samstag war es dann soweit. Ich fuhr mit dem Bus in die nächste Stadt und suchte die Anschrift, die mir angegeben worden war, auf.

In einem Kellerraum befand sich jetzt also unter anderem auch ein Bassverstärker mit passender Box, der zum Verkauf stand, da der Bassist gänzlich aufhörte. Es handelte sich um einen VOX Foundation MK III AC-50/4 und einer VOX-Box mit einem 18" Speaker. Genial. Genau passend.

Ich nutzte das Angebot, die Anlage einmal auszuprobieren mit dem daneben stehenden Rickenbacker-Bass. Funktionierte alles tadellos. Einschalten, warten bis die Röhren warm wurden und loslegen. Tolles Teil. Nach etwa zwanzig Minuten kam der Eigner dieser Anlage zu uns und nannte den Preis, den er sich vorstellte: DM 550 incl. Kabel. Leute, ich habe da nicht mehr groß verhandelt, sondern sofort zugeschlagen. Zu diesem Preis bei einer ungefähr ein Jahr alten Anlage, das war Spitze. Ich vereinbarte, dass Andy die Teile zu mir mit seinem Auto nach Hause bringt und dort dann das Geld in Empfang nehmen kann.

Gesagt, getan. Direkt am nächsten Tag, am Sonntagnachmittag, fuhr Andy bei uns vor und entlud Verstärker und Box mit den dazugehörigen Kabeln. Meine Mutter und mein Vater staunten nicht schlecht, als ich die Teile nach oben auf mein Wohnzimmer hievte. Dann noch ein paar warme Worte wie: „Mach aber nicht so laut!" und es konnte mit weiteren Proben, zunächst bei mir zu Hause, weitergehen.

1968/69 kamen langsam aber sicher die für mich wichtigsten Bands an die Öffentlichkeit, die mich mehr als beeinflussen sollten: Eben die weiter vorher schon genannten BLACK SABBATH, DEEP PURPLE, FREE, HUMBLE PIE, LED ZEPPELIN, GRAND FUNK und MOUNTAIN, die sich an den Sound von CREAM anlehnten, NAZARETH, THIN LIZZY und eben YES.

Kapitel 3 – 70er

Die 70er Jahre waren wohl die für mich wichtigsten Jahre. Oder es war das Jahrzehnt des Aufbruchs für meine Wenigkeit. Soviel neue Musik, die Tanztempel, Discotheken genannt, die wie Pilze aus dem Boden schossen und die paar schon bestehenden ergänzten, die modischen Neuheiten bei Männlein und Weiblein und vor allem: Die neue Musik, die uns hier in Deutschland erreichte. Waaahnsinn! Nur allein als Zuhörer warst du teils überfordert. Und als aktiver Musiker, gleich ob Hobby oder Beruf, konntest du so schnell gar nicht alles aufnehmen, wie die Plattenfirmen veröffentlichten. Karl-Heinz Stockhausen mit seinen elektronisch-akustischen Kompositionen war plötzlich „in" und KRAFTWERK konnte mit ihrem Elektro-Pop genannten Veröffentlichungen nicht nur hier in Deutschland punkten.

Nachdem Mitte der 60er Jahre schon wieder einige Sensationen veröffentlich worden sind, ich denke hier an „Rubber Soul" von den BEATLES oder auch an „Pet Sounds" von den BEACH BOYS, traten jetzt die sogenannten „Prog-Rocker" verstärkt in die Gehörgänge.

Bald waren es die „spacigen" HAWKWIND, damals noch mit ihrem Bassisten Lemmy, der später mit MOTÖRHEAD berühmt werden sollte, KING CRIMSON und URIAH HEEP waren am Start und verkauften in den 70er Jahren Platten ohne Ende, zumeist Longplayer. AEROSMITH, THE EAGLES, AC/DC folgten im weiteren Verlauf der 70er Jahre.

Gruppen wie THE BEACH BOYS, THE MARVELETES und THE SUPREMES, teils aus dem Motown-Stall, waren aber immer noch mehr oder weniger angesagt. So wie

THE DRIFTERS, THE FOUR TOPS oder THE EVERLY BROTHERS und MARVIN GAYE. Meist also, mit Ausnahme der BEACH BOYS, reine Gesangsgruppen mit teils wunderschönen Melodien und Harmonien. Die Sterne begannen aber langsam zu sinken. THE BEACH BOYS hatten bereits ungefähr 1966 ihr Meisterwerk „Pet Sounds" heraus gebracht und Anfang der 70er Jahre hatten auch die Beatles ihr letztes Konzert auf dem Dach der berühmten Apple-Studios gegeben.

Der Stern von Elvis war noch auf einem kleineren Höhepunkt, sollte aber auch sinken. Die Hippie-Bewegung der 60er Jahre, gekennzeichnet durch das Monterey Pop-Festival und dem geschichtsträchtigen Woodstock-Festival, fuhr herunter. Und wie gesagt, Jethro Tull, Pink Floyd, Genesis traten verstärkt in mein Musikerleben oder „Gesichtsfeld".

Einige unter dem Begriff „Prog-Rock" segelnden Bands wie GENESIS wandten sich später mehr dem Pop, besser gesagt, dem Mainstream zu. Hier wurden natürlich größere Umsätze generiert. „Geld verdienen" stand an erster Stelle. Existenz sichern bestimmt auch.

Ich hörte einfach alles. Vieles war für meine Verhältnisse nicht reproduzierbar. Einiges habe ich dann mit meinen Kumpels im Proberaum einstudiert. Um bei Jungendtanzveranstaltungen aufzutreten, schrieben wir die jeweiligen Träger der Jugendheime bei uns im Ort und in den Nachbarstädten an.

Kurze Zeit verging und wir bekamen Auftrittsmöglichkeiten samstags und sonntags wöchentlich ab 17.00 Uhr. Um 20.30 Uhr musste allerdings Schluss sein.

Es gab ein kleines Entgelt für unsere Auftritte. Mehr ein Taschengeld, das auch akzeptabel war und gern von uns angenommen wurde. Der Rest der zwei Mark Eintritt pro Person ging an die Träger der Jugendheime.

Wenn ich „wir" sage, dann waren das meine beiden Musikerkollegen, die ich während meiner Ausbildung kennengelernt habe und einem alten Schulfreund, den ich zwar schon einige Jahre nicht mehr gesehen hatte, der aber zufällig meinen Weg kreuzte. Und so waren wir als Band komplett und durften in der stillgelegten Sakristei einer ehemaligen Kirche unentgeltlich proben.

Die Band bestand aus mir am Bass und Background-Vocals (ich bin kein toller Sänger), Michael übernahm die Rhythmusgitarre und stellenweise, wenn erforderlich, auch die Orgel und die Backingvocals. In diesem Fall war das Keyboard eine ältere Farfisa, die über den Gitarren-verstärker von Michael abgenommen wurde. Harry war der Leadgitarrist und der Hauptsänger. Am Schlagzeug mein alter Kumpel Helmut, der mit seinem No-Name-Drumset trotz aller Widrigkeiten eine erstaunliche Perfor-mance hinlegte. Bevor der auf die Idee kam, sich einmal neue und hochwertigere Felle anzuschaffen, hatte der erst einmal ein gutes Dutzend der preiswerten Sorte kaputtge-kloppt. Sorry, Helmut, aber allein schon deine Drumsticks am Anfang…war schon irgendwie bekloppt, nicht? Aber wenigstens hattest du ja ein Satz Jazzbesen und die Charleston-Maschine war immer gut geölt.

Alles in allem die typische Beatband-Besetzung in der damaligen Zeit. Obwohl der Begriff „Beatband" eigent-lich jetzt schon wieder total „out" war.

Rockband - das wäre nunmehr richtiger. Auch wegen der Abgrenzung zu den immer noch aktiven Tanzkapellen.

Über einen Zeitraum von ungefähr drei Monaten stand folgende Setlist:

Wipe Out – The Surfaris
She Loves You – The Beatles
Barbara Ann – The Beach Boys
Back In The USSR – The Beatles
Suzie Q – Creedence Clearwater Revival
I'm So Glad – Cream
Mississippi Queen – Mountain
Under My Thumb – The Rolling Stones
Birthday – The Beatles
I Feel Free – Cream
Satisfaction – The Rolling Stones
Let's Work Together – Canned Heat
Runaway – Del Shannon
All Your Love – John Mayall's Bluesbreakers
Bye Bye Love – The Everly Brothers
I Want To Hold Your Hand – The Beatles
Honky Tonk Woman – The Rolling Stones
The Dock Of The Bay – Otis Redding
Apache – The Shadows
Day Tripper – The Beatles
Crimson And Clover – Tommy James & The Shondells
Hang On Sloopy – The McCoys
Proud Mary – Creedence Clearwater Revival
Stand By Me – Ben E. King
Rock Around The Clock – Bill Haley & His Comets
Poor Boy – The Lords
Who'll Stop The Rain – Creedence Clearwater Revival

Strange Brew – Cream
Foxy Lady – The Jimi Hendrix Experience
Hey Joe – The Jimi Hendrix Experience
Keep On Running – The Spencer Davis Group
I'm A Man – The Spencer Davis Group
Purple Haze – The Jimi Hendrix Experience
I Feel Free – Cream
Sunshine Of Your Love – Cream
Na Na Na Hey Hey Kiss Him Goodbye – Steam

Da haben wir uns ganz schön was „draufgeschafft" in der relativ kurzen Zeit. Das lag vor allem daran, dass wir wirklich in jeder freien Minute im Proberaum waren, uns neue Scheiben anhörten und auswählten, was umzusetzen war, ohne sich die Finger oder die Figur zu verbiegen.

Und wöchentlich kam immer wieder etwas Neues hinzu. Im Wochenrhythmus hatten wir neue Titel, die durchgehört werden mussten und schließlich geprüft werden sollten auf die Umsetzbarkeit. Da ich als einer der wenigen Exemplare „Mensch" in der damaligen Zeit privat eine Schreibmaschine besaß, war ich der Auserwählte, der das alles zu Papier bringen sollte. Ich sage Euch: Das war, neben meiner Arbeit und der Schule, eine ganz schön aufwändige Schinderei. Das habe ich aber gerne gemacht. Für mich und für meine Kumpels. Und letztendlich natürlich für unser Publikum. Die sollten ja den Spaß haben und tanzen und feiern.

Unfälle bei den Auftritten gab es allerdings auch: Bei einer Tanzveranstaltung in einem der vielen Jugendheime stolperte ich über das ganze Kabelgedöns und fiel rückwärts in das Schlagwerk. Ich räumte also mit meinem doch eher schlanken Körper alles ab, was irgendwie mit Helmut zu tun hatte. Und da lag ich da wie ein Maikäfer auf dem Rücken mit umgeschnalltem Bass. Und Helmut?

Der lag dann gleich neben mir auf dem Fußboden. Großes Gelächter. Smartphone gab es noch nicht. Also leider keine Bilder. Das sah ungefähr so aus, wie wenn Keith Moon von den Who seinen Drum-Part beendete. So am Schluss eines Konzerts. Na ja. Und von Kabelbrüchen, Sicherungen, die ihren Geist aufgeben und gerissenen Saiten will ich gar nicht erst anfangen. Das gehörte einfach dazu. Verbunden mit Zwangspausen für die Tanzwütigen, natürlich. Das gab allerdings, sofern es nicht meine Schäden waren, mir die Gelegenheit, mich mit einigen Schönheiten des weiblichen Geschlechts zu unterhalten. Als Mann der zweiten Reihe kommt man ja sonst nicht dazu.

Und siehe da: In einigen Fällen kam es doch tatsächlich zu kurzen, manchmal heftigen, Beziehungen. Mit Isolde zum Beispiel, auf die der blödsinnige Reim „Isolde, die Holde" zutraf. Nettes Mädel. Gut aussehend. Ein Jahr jünger als ich und körpergrößenmäßig auch passend. Sie 1,58m und ich 1,76m. Beide blond. Beide blaue Augen. Schlank. Wenn sie die damals angesagten hochhackigen Stöckeldinger anhatte, war sie immer noch einen halben Kopf kleiner als ich. Und die ebenfalls unverzichtbaren Hot Pants standen ihr wirklich hervorragend. Aber für eine Dauerbeziehung war das nichts. Sie war zu anhänglich und hätte am liebsten bei Auftritten neben mir auf einem Stuhl gesessen.

Und so wurde die Beziehung nach relativ kurzer Zeit von meiner Seite aus beendet. Ich war ja ein wählerischer Mensch und hatte gewisse Vorstellungen.

Bei Chrissie, richtig: Christine, war es ähnlich. Nett, lieb, süß, diesmal allerdings dunkelhaarig und braune Augen. Die war ein Hingucker, das möchte ich hier nicht verhehlen. In den drei Monaten, in denen wir gemeinsam einen Teil des Lebensweges beschritten, stellten sich jedoch Unarten bei ihr heraus, die mir irgendwie nicht passten. Von der übertriebenen Schminkerei bis hin zur doch manchmal übertrieben knappen Bekleidung. Nee! Das ging mir dann doch irgendwann zu weit und hier beendete ich die Beziehung ziemlich abrupt.

Jetzt habe ich ein wenig vorgegriffen. Lasst Euch davon aber bitte nicht irritieren.

Beim Herausschreiben von Texten nach Gehör bin ich auf einen Titel gestoßen, den ich mir mehrfach erst einmal durchlesen musste, bevor ich begriff, was die britischen THE HERD da in einem relativ kompakten Song, der dazu auch noch fast ohne Refrain auskam, erzählten: Nämlich die fast komplette Geschichte von Orpheus und Eurydike in Kurzform: „From The Underworld". THE HERD: Das waren Terry Clark (voc), Andy Bown (b), Tony Chapman (dr) und ursprünglich Gary Taylor (g). Peter Frampton (voc, g) ersetzte später Terry Clark und genau dieser Frampton gründete dann später mit Steve Marriott HUMBLE PIE.

Dieser Songtext veranlasste mich dann später, immer ein wenig genauer hinzuhören oder hinzulesen. Insbesondere die Texte von GENESIS und RONNIE JAMES DIO, vorher schon von ELF, aber auch von JETHRO TULL: Da lohnt es sich, hinter die Zeilen zu schauen. Selbst dann, wenn man nicht alles sofort versteht und vieles sicher falsch interpretiert wird oder wurde.

Ich erinnere mich an den ersten Auftritt an einem Samstagnachmittag in einem örtlichen Jugendheim. Die Vorfreude war riesengroß. Endlich! Angst, freudige Erregung, nervöse Stimmung insgesamt bei allen Beteiligten.

Die Setlist stand und wir waren uns einig, dass wir generell mit „Wipe Out" oder „Johnny Guitar" beginnen und mit „Na Na Hey Hey Kiss Him Goodbye" beenden. Ganz gleich, welche Stücke dazwischen gespielt wurden. Sozusagen als Erkennungszeichen waren das Intro und das Outro gedacht.

Die Setlist reichte in der oben dargestellten Form und im Umfang aus, um zwei zweistündige Programme inklusive Pausen zu bestreiten. Und aufgrund der Tatsache, dass immer neue Songs hinzukamen, konnten wir bald auch drei oder gar vier zweistündige Vorstellungen abliefern, wenn es denn gewünscht wird.

Wurde es aber nicht. Unsere Bruttospielzeit war in den Jugendheimen immer dreieinhalb Stunden, unterbrochen von zwei größeren und einer kleineren Pause, in denen die Kids dann nach Platten tanzen konnten oder eben auch Pause hatten.

Und jetzt, nach dem ersten Gig der Band, standen auch die Plätze, die die Bandmitglieder auf der Bühne oder dem Podest einzunehmen hatten, fest. Wer steht wo und warum? Also beginne ich mit mir: Wo steht ein Bassist. Das wichtige Mitglied der Rhythmusgruppe innerhalb einer Rock'n'Roll-Band?

Richtig: In der zweiten Reihe rechts, vom Publikum aus gesehen, direkt neben dem Drummer, da die beiden sich ja ergänzen sollen/müssen.

Und sofern der Bassist nicht gleichzeitig auch Leadsänger ist (wie bei THIN LIZZY, RUSH oder anfänglich auch bei ROBIN TROWER), gehört der Bassmann in die zweite Reihe.

Und wird außerdem von Gitarristen nicht unbedingt geliebt, wie weiter oben schon einmal angemerkt wurde. Diese ablehnende Haltung von Gitarristen gegenüber Bassisten habe ich in den folgenden Jahren noch öfter erleben müssen.

Da ich Bluesaffin war, kamen später weitere Songs von CHICKEN SHACK, die anfänglich noch mit Christine Perfect an den Keyboards besetzt waren und die später als Christine McVie und Fleetwood Mac (Rumours) Geschichte schrieb, Ten Years After, ROBERT JOHNSON in der Adaption von Cream (Crossroads) in unser Repertoire.

Kaum umzusetzen waren für uns Songs von Yes, ROXY MUSIC oder Genesis. Zumindest in großen Teilen waren diese zu komplex. Und diese Stimme wie Bryan Ferry hatte sowieso niemand von uns. Die war nämlich sehr speziell. Wie auch die Stimme des Leadsängers von PAVLOV'S DOG. Die klang ziemlich heliumgetränkt. Heute geht es so. Er ist schließlich älter geworden. Ähnlich war es bei GENTLE GIANT, ELP oder gar PINK FLOYD. Das war zwar alles klasse Musik und die Künstler wirklich innovativ, doch für uns war das mindestens eine Etage zu hoch angesiedelt und viele ihrer Stücke waren zum Tanzen weniger geeignet.

Routine erhältst du übrigens nicht im Proberaum, sondern beim Spielen. Je mehr Auftritte du absolvierst, desto sicherer wirst du eben. Und das merkten wir alle in relativ kurzer Zeit. Vor allem im Umgang mit eventuellen „Verspielern" oder sonstigen Unabwägbarkeiten wie Text vergessen und Hamoniepatzern oder, ganz schlimm, „aus dem Takt gekommen"! Dann war Improvisieren angesagt.

Und so stand ich dann eineinhalb Jahre in der zweiten Reihe rechts vom Publikum aus gesehen. Gleich neben dem Drummer.

Wir absolvierten während unserer gemeinsamen Zeit sicher über 150 Konzerte in verschiedenen Locations, während sich die beiden Frontmänner die Meriten beim Publikum, insbesondere dem weiblichen, abholten. Umständehalber ergaben sich dann auch Freundschaften zwischen Bandmitgliedern und tanzwütigen Mädels. Einige wenige erfolgreiche und kurze Beziehungen eingeschlossen. Manche (wenige) Mädels waren wie Groupies, allerdings ohne den sexuellen Bezug, den man mit diesem Wort damals in Verbindung brachte. Die waren aber auf allen unseren Konzerten oder Darbietungen. Die reisten mit, sozusagen. Das ehrte uns natürlich auf der einen Seite.

Andererseits war das manchmal auch lästig, wenn sie sich nach den Auftritten noch privat mit uns treffen wollten. Hast du in einer Kneipe einmal zusammen mit den Bandmitgliedern ein Bier oder eine Cola trinken wollen, waren wir meist immer umringt von mitgereisten Mädels oder aber auch, allerdings weniger, Jungs. Das war schon manchmal ganz schön nervig. Wir ließen uns aber, hier ganz Profis, nichts anmerken, sondern lächelten und scherzten mit ihnen.

Allerdings will ich mich nicht über meinen Platz in der zweiten Reihe beschweren. Denn ich war und bin, was musikalische öffentliche Darbietungen betraf, eher ein introvertierter Typ. Daher war für mich der Platz im Hintergrund eigentlich ideal. Ich gehöre zu den Menschen, die Freude daran hatten und haben, wenn andere Menschen sich an meiner Leistung als Musiker und an unserer Musik erfreuten und Spaß hatten.

Im privaten Leben war ich dagegen ein offener Typ. Ich bin gern auf Menschen zugegangen und war und bin um keine Konversation in gleich welcher Form verlegen.

Inzwischen hatten alle einen Führerschein und ich und mein Kumpel Michael besaßen jeweils einen eigenen PKW, so dass wir auf die Hilfe Fremder beim Transport unserer Ausrüstung nicht mehr angewiesen waren. Das war nämlich immer eines unserer größeren Probleme.

Die Anfänge einer jeden Darbietung bestanden darin, dass der Drummer sein Set aufbaute, der Leadgitarrist seine Gitarre über Wah-Wah- und Verzerrerpedal in seinen Vox AC 30 einstöpselte und ich ohne Umwege direkt in meinen VOX ging. Ohne Umwege! Ohne einschleifen in andere Dinger wie Flanger oder ähnliche Teile.

Der Rhythmusgitarrist teilte sich seinen Verstärker mit seiner Orgel. Und die Mikrofone wurden von der Echolette-Gesangsanlage mit eingebautem Bändchenhall abgenommen. Für den Fall, dass mal das Bändchen riss, hatten wir immer genug Klebeband dabei, um sofort reparieren zu können. Ihr erinnert euch? Die Echolette-Anlage mit Bändchenhall. So eine, wie in Elke `s Band, so eine hatten wir auch. Und die Vox-Klamotten. Und woher kamen die? Alles von jedem einzelnen Bandmitglied angeschafft und bezahlt. Nichts auf Pump. Andere Jugendliche in unserem Alter gaben ihr Geld für Jahreskarten auf dem Fußballplatz und allem Schnickschnack aus oder verbrachten ihre Freizeit in irgendwelchen Partyschuppen oder Discos. Einige andere hatten schon Motorräder oder Autos. Kostete ja auch alles Geld. Wir dagegen haben gespart, gespart und dann, wenn Geld genug da war, angeschafft.

Also: Gitarren eingestöpselt, Gesangsanlage Probe laufen lassen. Instrumente gestimmt. Los geht `s.

So einfach war das damals. Ich erinnere mich noch an eine Show der Small Faces in der Sendung Beat Beat Beat im Fernsehen. So um 1965 oder 1966 muss das wohl gewesen sein. Orgel, Bass und Gitarre gingen direkt ohne Umwege in die Verstärker. Und ohne irgendwelche Tricks oder weiterer Technik hauten Steve Marriott und seine Kumpels alles an Hits raus, was damals von denen angesagt war: Von Sha-La-La-La-Lee bis All Or Nothing. Beeindruckend. Kann man sich heute noch auf You Tube ansehen.

Gleiches gilt übrigens auch für The Spencer Davis Group und andere Bands dieser Zeit. Einschalten, einstöpseln, fertig. Direkt und ehrlich. Ohne Tricks und doppelten Boden. Höchstens mal die Lautstärke nachregeln. So mag ich Musik.

Aber alles Schöne hat ein Ende. So war es auch bei uns. Nach viel Spaß, den wir hatten und einer Zeit, in der wir viele neue und interessante Leute trafen, ging langsam das Licht aus. Unser Michael hatte seine zukünftige Ehefrau tatsächlich in einer der Vorstellungen kennengelernt, gab sein Studium auf und wechselte in eine gut bezahlte Vollzeitstelle, die seine ganze Aufmerksamkeit und seinen ganzen Einsatz forderte.

Harry, unser Leadgitarrist, lernte ebenfalls ein Mädel kennen, mit dem er sich längerfristig verbandeln sollte und trat ebenfalls wegen seines Berufes zurück.

Helmut hatte plötzlich keine Lust mehr, äußerte sich aber nicht weiter. Ich denke einmal, es gab irgendwelche familiären Probleme, die ihn belasteten.

Zehn Packen weniger neun Packen ist gleich Einpacken, hieß es irgendwann. Damit war die Jugendheim-

und Beat-Festival-Ära beendet. Bei einigen unserer Auftritte lernten wir andere Musiker kennen. Zum Beispiel Tee-Set aus den Niederlanden, Henner Hoier, Golden Earring, Marianne Rosenberg, The German Blue Flames und viele weitere mehr oder weniger bekannte Musiker und Gruppen, die in dieser Zeit populär waren und es teils heute noch sind, siehe Golden Earring oder Marianne Rosenberg.

Mit etwas Wehmut packte ich also meine Sachen zusammen und verstaute sie erst einmal in meinem Wohnzimmer. Pause war angesagt und ich arbeitete inzwischen im Außendienst bei einem internationalen Unternehmen. Hier hatte ich über die Woche wenig Zeit, da ich auswärts übernachten musste und nur noch am Wochenende zu Hause war.

Während meiner Musikerzeit hatte ich zwar einige Damenbekanntschaften gemacht. Einige wenige habe ich ja schon erwähnt. Da ich mich aber im Gegensatz zu meinen Kollegen nicht binden wollte, blieb es meist bei flüchtigen Begegnungen. Hier mal ein Treffen in der Disco, da mal ein bisschen Autokino-Fummelei, hier mal ein etwas länger dauerndes, innigeres Verhältnis. Aber eben nichts Festes oder gar Geplantes für eine gemeinsame Zukunft auf Dauer. Da fühlte ich mich noch nicht reif genug zu oder vielleicht war ich auch zu ängstlich, eine festere Bindung einzugehen. Warum auch immer. Wie weit die Partnerin die folgenden Jahre mit andauernden wöchentlichen und beruflich bedingten Übernachtungen mitgemacht hätte, weiß ich nicht. An solchen Sachen wären nicht nur damals Beziehungen unter Umständen zerbrochen.

Wie dem auch sei: Ich war beruflich sehr eingespannt, reiste viel herum und lernte dadurch bedingt auch wieder neue Menschen kennen.

Bei meinen Übernachtungen in Hotels lernte ich im niederländischen Grenzbereich zu Deutschland, in dem ich alle drei Monate unterwegs war, die Tochter des Hoteliers etwas näher kennen, in dessen Hotel ich immer übernachtete. Wenn ich dort anrief, um mein Zimmer einmal wieder klarzumachen, war meist sie am Telefon. Wenn sie meine Stimme hörte, war sie schon ganz angetan, wie ich feststellte.

Und wenn ich dort anreiste und die nächsten zwei Nächte dort verbrachte, wurde ich von ihr besonders verwöhnt. Ich bekam das beste Zimmer, immer etwas zu naschen extra und wenn ich abends von meinen Touren zurückkehrte, dann hatte sie meine damaligen Lieblingsgerichte bereits vorbereitet: Wiener Schnitzel mit Pommes Frites und am nächsten Abend Königsberger Klopse mit Salzkartoffeln.

Ihre Mutter sah das immer sehr argwöhnisch, das bemerkte ich schon. Sie sagte aber nichts. Das Mädel war so um die 20, denke ich einmal und sie ging gut und gerne mit aller Wahrscheinlichkeit als Dorfschönheit durch und hatte, so dachte ich damals, eine Menge Verehrer.

Sie war wirklich sehr hübsch. Blonde, etwas längere Haare, blaue Augen, schön schlank. Nachdem ich insgesamt dreimal in knapp neun Monaten dort immer jeweils zwei Tage hintereinander nächtigte, war ich quasi Stammgast. Damit ich sie öfter sehen konnte, änderte ich meine Routenplanung geringfügig und nächtigte dort nicht mehr nur zweimal hintereinander, sondern ich plante meine Routen, wenn ich dort in der Nähe zu tun hatte, von dort, vom Hotel aus.

Und so ergab es sich, dass ich vier Tage in der Woche alle drei Monate dort Stammgast wurde. Und bei ihr in der Nähe war. Wir gingen gemeinsam, wenn sie Feierabend hatte, aus und verabredeten uns zu den Wochenenden. Es machte mir überhaupt nichts aus, die rund 70 km Fahrt zu ihr auch am Wochenende in Kauf zu nehmen. Ich hatte ja einen Firmenwagen. Kostete mich nichts. Die Fahrtenbücher sagten aus, dass ich am Samstag dort in der Nähe eben Kunden hätte. Und die ein oder andere Bestellung oder Rechnung schrieb ich eben auf einen Samstag. Na und? Meine Eltern wunderten sich nur über meinen erhöhten Einsatz, stellten aber weiter keine Fragen. Während meiner Bandkarriere waren sie es gewohnt, dass ich kaum zu Hause war.

Die Dorfjugend in ihrem Heimatort beobachtete uns ebenfalls argwöhnisch. Egal, wohin wir gingen. Man kannte natürlich die Familie des einzigen Hotels am Ort und damit auch die hübsche Tochter. Einige der Bengels waren auch sicher in irgendeiner Form eifersüchtig und ließen uns das spüren. Machte aber nichts. Einer Schlägerei, wenn sie provoziert wurde, wich ich nicht aus. Ab und an gab es Situationen in denen wir es vorzogen, eine Lokalität vorzeitig zu verlassen. Das machte ihr aber genauso wenig aus wie mir. Sie stand zu mir und ich zu ihr. Wir waren ein tolles Paar, das auch rein optisch gut zusammenpasste. „Blonde on Blonde" sozusagen. Nur ihre Mutter, die war irgendwie nicht so von mir überzeugt. Sie blieb mir gegenüber argwöhnisch und distanziert. Nun, was soll ich sagen?

Nach knapp einem Jahr war die Beziehung beendet, denn ich musste die Schönheit beruflich bedingt leider verlassen. Sie weinte sich bei mir noch einmal aus. Wir hatten noch einige längere Gespräche und doch ging mir meine berufliche Zukunft vor. Zurück ließ ich keine Jungfrau.

Mit knapp 24 Jahren bekam ich dann nämlich aus der Verwandtschaft, die teils in Übersee lebte, die Möglichkeit, einen Job bei einer amerikanischen Plattenfirma, einem Label, wie man so schön sagt, anzunehmen. Das bedurfte keiner langen Überlegung und ich nahm nach einer in Deutschland absolvierten Überprüfung meiner Person und meiner Englischkenntnisse in einem längeren Bewerbungsgespräch den Job schließlich an. Solch eine Gelegenheit bekommt man nicht alle Tage und ich müsste wirklich total bescheuert sein, wenn ich nicht zugesagt hätte.

Kapitel 4 – 80er

So zog ich in die weite Welt, genauer gesagt, in die sogenannte Neue Welt. New York, genauer gesagt: Manhattan, war meine neue Heimat. Und bei dem international bekannten Plattenriesen war ich ab sofort eine Art
Lehrling bei einem der A & R-Manager. A & R heißt, für
die Laien unter den Lesern, Artist and Repertoire. Zuständig und verantwortlich für die Betreuung neuer oder be-
stehender Künstler. Eine Art Schnittstelle zwischen
Künstler, Plattenfirma, Manager, Booker und Tonstudio.
Und immer auf der Suche nach neuen Talenten. Das lag
mir natürlich. Das war genau mein Ding. Und nach relativ
kurzer Zeit war ich die rechte Hand eines der mächtigsten
Manager in diesem Hause.

Bei dem Label waren international erfolgreiche Künstler unter Vertrag. Es verbietet sich hier, Namen zu nennen, zumal die Firma mit internationalen Unternehmen
fusionierte, ein neues Label entstand und alte Verträge somit null und nichtig waren und sicher nicht alle unter Vertrag stehenden Künstler im Wohlgefallen ausschieden o-
der sich neu orientieren mussten. „Von Ballast, der kein
Geld bringt, muss man sich rechtzeitig und schnell tren-
nen!" Das war die Maxime der Bosse. Dieser Spruch galt
aber nicht nur für den Bereich, in dem ich arbeitete. Das
galt für alle Industrie- und Wirtschaftsbereiche in den
USA und das lernte ich sehr schnell. Hier ging alles sehr
schnell. Kurze Wege. Hire and Fire. Ab mit oder ohne
Schaden. Geld war reichlich vorhanden. Und nicht immer
war alles korrekt. So empfand ich es zumindest.

Gesetzlich korrekt war das alles schon. Aber Empathie
kannte man eigentlich weniger und für Empathie konnte
man sich hier auch absolut überhaupt nichts kaufen. Wie

überall, wo Geld eine Rolle spielt, wird auch gern gemauschelt. Das ist in der ganzen Welt so. Das war nicht nur da, wo ich arbeitete. Das ist heute noch mindestens genauso ausgeprägt wie damals. Und das zieht sich durch alle Bereiche. Egal, ob Wirtschaft, Industrie oder Politik. Ich will aber hier nicht mit dem erhobenen Zeigefinger stehen und alles verunglimpfen, was mir eventuell zuwider war oder ist.

Spannend, lehrreich und interessant waren wieder die Menschen, die ich kennenlernte. Von Managern, Bankern, Geldgebern, Musikern, Produzenten, Toningenieuren, Komponisten, Textschreibern bis hin zu den Mitbewohnern in meinem Appartementhaus, das ich mitten in Manhattan bewohnte. Hier, im Moloch New Yorks, gab es keine Schranken, keine Hindernisse, keine Vorurteile. Letzte gab es schon, wurden nur nicht ausgesprochen. Gegeben hat es sie mit Sicherheit.

Aber hier war es egal. Man kümmerte sich nicht darum, ob der Vorstand der X-Bank, Y-Plattenfirma, des Z-Filmkonzerns jüdischer oder schwarzer Abstammung war. Jeder konnte hier etwas aus sich machen. Geld verdienen. Ansehen gewinnen. Der Hot-Dog-Verkäufer auf der 3th Avenue war ebenso geachtet wie der Fonds-Manager von BlackRock. Oder eben nicht. Das lag ganz bei dem Betrachter.

Nun: Auf jeden Fall lernte ich Künstler kennen. Alte, die schon jahrelang bei der Firma unter Vertrag standen. Vor allem aber neue. Und so waren wir ständig unterwegs in den angesagtesten Clubs der Stadt und des Staates New York.

Quasi von Long Island bis Woodstock und einmal kreuz und quer wieder zurück. Aufregend war das.

In dem Appartement, das ich mir mit einem Kollegen teilte, ging es manches Mal auch ganz schön heiß her. Da ich aber keinen Alkohol vertrug und die Firma auch den Genuss von Alkohol nicht goutierte, blieb ich eher nüchterner Beobachter. Und hatte trotzdem meinen Spaß. Irgendwelche Mädchen waren immer gemeinsam mit uns unterwegs. Wir traten in Clubs und Studios meist mit zwei oder drei Personen unserer Plattenfirma auf. Das hatte schon seinen Hintergrund und war definitiv beim „Scouten" ein Vorteil. Denn sechs Ohren hören mehr als nur zwei oder vier und sechs Augen sehen auch mehr.

Der eine oder andere Künstler oder die eine oder andere Band, die in diesen Clubs auftraten, erkannten zumindest meist eine Person von uns und man sah ihnen an, dass sie sich jetzt besonders in' s Zeug legten oder zumindest versuchten, alles Erdenkliche bestens darzubieten.

Und wenn die Zielpersonen gar ausmachten, dass ich in Deutschland E-Bass gespielt hatte, war ich sofort Mittelpunkt. „Komm, spiel mal was mit uns. A-Moll oder E-Dur. Suche dir das aus." Das waren so die gängigen Einladungen. Wobei mir Moll-Tonarten natürlich nicht so unbedingt lagen. Es sei denn, es ist eine Ballade oder ein fürchterlich trauriges Blues-Muster, das wiedergegeben werden sollte.

Und das glaubt mir keiner, wenn ich es aufschreiben würde. Ich habe mit Leuten gejammt, in meiner Freizeit in New Jersey zum Beispiel, die schon international lange Zeit bekannt waren. Zwei der Bands waren im deutschen Fernsehen bei den Rockpalast-Konzerten zu sehen gewesen. Direkt so ziemlich zu Anfang der Rockpalast-Reihe. Bevor ich mich aber hier in Einzelheiten versteige möchte ich sagen, dass ich in den zweieinhalb Jahren oder fast drei Jahren, die ich dort verbrachte, mehr gelernt und kennengelernt habe, als in meinen ganzen Jahren zuvor in Good Old Germany.

Ich bin Personen begegnet, insbesondere Musikern, die ich heute mit Fug und Recht als Freunde bezeichnen darf. Immer, wenn einer dieser Bekannten nach Deutschland kam zu Konzerten oder Festivals, wurde ich über die deutsche Dependance eingeladen. Mal klappte es mit den Wiedersehen, manchmal auch nicht. Aber wehe wenn. Dann ging es nach dem jeweiligen Konzert aber ab in dem Hotel, in dem die nächtigten. Getränke gab es auf lau. Nur Drogen, die habe ich nie genommen. Dafür habe ich dann so manches Mal einen Martini mehr getrunken.

In den Büros des Plattenriesen gab es zeitweise spontane Sessions. Es fanden sich diverse Künstler, die in völlig unterschiedlichen Genres unterwegs waren, plötzlich vereint zum Musizieren wieder. Da stand ein alter Country-Barde plötzlich neben einem Vertreter des Hardrock-Bereichs. Und eine „Trällerliese" (Background-Sängerin bei Studio- und/oder Liveaufnahmen) machte ihre Stimmübungen direkt und ohne Proben gemeinsam mit dem Geknister aus dem Hals eines fast schon uralten Rock ‚n' Roll-Typs im Duett.

Der absolute Verkaufsrenner in einem Jahr war allerdings eine junge Dame die, ich weiß nicht wie, kann es mir aber denken, aus der absoluten Versenkung wie ein Rakete mit ihren Songs nach oben in die Hitparaden schoss.

Und nicht nur in den Staaten, sondern weltweit. Ihr Agent, mit dem wir es teils zu tun hatten, war allerdings mehr als nur ein Brechmittel. Generell zugekifft bis über beide Ohren. Und das nicht nur nachts, sondern einfach immer.

Nun, mit solchen Leuten hatten wir es ja weniger zu tun. Wir konzentrierten uns eher auf die neu zu entdeckenden Musiker. Da der Konzern nicht auf ein bestimmtes Genre eingeschossen war, hatten wir so ziemlich freie Hand bei der Auswahl.

In einem Keller-Club in New York lernte ich somit auch eine Sängerin kennen, die allerdings erst in den 90er Jahren internationale Reputation erlangte. Ich nenne sie einmal Ricky. Ricky konnte nicht nur singen und Gitarre spielen, sondern war auch genau mein Typ vom Äußeren her. Sie war der Typ Frau, die sich bei ihren Darbietungen ziemlich extrovertiert gab; im Privaten aber eher schüchtern `rüberkam. Ich mag und mochte so etwas. Und so ergab es sich zwangsläufig, dass Ricky und ich für eine kurze, aber heftige, Zeit zusammen waren. Sie war wirklich ein Schatz. Straight geradeaus und in ihrem Charakter trotz ihres jungen Alters absolut gefestigt.

Leider bleiben so gut aussehende und intelligente Mädchen nicht lange alleine. Zu der Zeit, als ich mit ihr „ging", ließ sie sich auf keine anderen Bekanntschaften ein. Außer ihrem weiten Bekanntenkreis, in den ich eingeführt wurde, gab es trotz aller Bemühungen anderer Männer für diese Freier keine Chance. Treu war sie. Das muss ich ihr lassen.

Und Party `s konnten die alle schmeißen! Das war ich so aus meiner Heimat überhaupt nicht gewohnt. Klar, es gab in den 70ern bei uns auch dort wo es möglich war, private Partykeller. Und da wurde gefeiert, bis der Arzt kam, sozusagen. Aber hier: Da ging wirklich jedes Mal die Post ab, wenn irgendjemand eingeladen hatte.

Nun muss ich natürlich bemerken, dass da auch ab und an einmal Drogen im Spiel waren. Mal die der härteren

Art, oft die „weichen" Dinger. Also da wiederhole ich mich noch einmal: War absolut nichts für mich. Da habe ich mich immer ganz geschlossen gehalten. Zigarettchen ja; Pustetüten oder irgend so ein Pulverzeugs: NEIN!

Und ich glaubte es kaum: Ricky hatte ich während der Zeit, in der ich mit ihr zusammen war, ebenfalls nie Drogen konsumieren sehen. Dafür paffte sie, ebenso wie ich manchmal, eine ganze Schachtel Zigaretten an einem Tag auf.

Das blieb später natürlich irgendwie nicht folgenlos. So zum Beispiel bei Treppensteigen...! Oder bei anderen Sachen...!

Ja. Ricky. Die war schon eine Show. Mit ihren 1,60m Körperhöhe. Mein lieber Mann.

Auf ihren CD-Covern, die ich später einmal in den Händen hielt, kam sie genauso `rüber, wie ich sie in Erinnerung hatte.

Irgendwann wurde mein Heimweh stärker. Zugute kam mir, dass in Deutschland eine Fusion mehrerer Labels anstand. Es wurde wieder irgendetwas fusioniert und/oder neu gegründet. Und hierzu war es erforderlich jemanden, der sich auskannte, nach Deutschland zu senden. Man wählte mich aus. Und so kam ich nach fast drei Jahren durchaus erfolgreicher Tätigkeit wieder in mein Heimatland zurück. Ausgestattet mit exzellenten Zeugnissen und einem unantastbaren Ruf, was meine Person anbelangte.

Hier in Deutschland lief ich dann direkt einem der Leute in die Arme, die das Sagen hatten. Der Mann war vielleicht fünf oder sechs Jahre älter als ich, aber schon im

Vorstand. Ein Vorstandsposten? So etwas war nicht mein Ziel. Gutes Geld schon.

Und so wurde ich direkt neben meinem Engagement bei dem Konzern dazu verdonnert, am Wochenende in einer hauseigenen Top-Forty-Band zu spielen. Alle zwei Wochen freitags und samstags, immer abends. Also war nichts mit Freizeit am Wochenende. Aber ich wusste mich zu fügen und machte gute Miene zu diesem, nicht unbedingt bösen, Spiel. In diesem Genre musst du mit den Wölfen heulen. Oder du gehst unter. Besser gesagt: Man lässt dich absaufen.

So holte ich mein Equipment an meinen neuen Wohnort in die hessische Provinz und begann mit dem Rest der Band zu proben. Gespielt wurde grundsätzlich alles, was in den Top Ten war und alles, was früher einmal in den Top Ten bis Top Twenty zu finden war.

Rock, Rock'n'Roll, Blues, R & B, Blues und – Tanzmusik der leichten Sorte. Es waren wechselnde Auftrittsorte. Tanztee auf Bowlingbahnen, Gala-Abende, Vereinsfeste, Familienfeiern der größeren Art, Wettbewerbe. Alles. Und alles veränderte meine eigene Ansicht von Musik ein wenig.

Ich war ja eher der Rockmusiker, oder der Rocker. Hier musstest du aber alles können. Und es gab nebenher noch wirklich sehr gutes Geld.

Eine CD von uns kam etwas später heraus. Einmal Live aufgenommen mit ungefähr 20 Titeln und einmal im Studio mit so um die 14 Titel. Aufgenommen im hauseigenen Tonstudio und produziert und betreut von einem der damals angesagtesten deutschen Toningenieure.

Kurzfristig konnte bei Bedarf das Line-Up der Band noch aufgepäppelt werden durch eine Profisängerin oder einen Profisänger, einem zweiten Keyboarder und/oder einem Blechbläser-Ensemble. Also Saxofonisten, Posaunisten, Flötisten! Das war schon etwas anderes als damals im Jugendheim.

Das war schon eine ganz schöne Range. Ich kam mir wirklich in dieser Zeit fast vor wie ein Profimusiker. Auch in Anbetracht der Tatsache, was einem alles abverlangt wurde.

Gut war an der ganzen Sache, dass Instrumente und sonstiges Equipment, sofern es ersetzt werden musste, von der Plattenfirma gestellt wurde. Und so flog mein Shortscale irgendwann in die Ecke und diente, wie zuvor schon bei Elke, als Ersatzinstrument. Ich durfte nun auf einem „Elke-Bass" spielen, einem FENDER Jazz Bass der neuesten Generation. Ehrlich? Der Precision wäre mir lieber gewesen. Aber in der Not......!

Es lief alles sehr gut. Beruflich wie im Privaten. Als Junggeselle verdiente ich einen Haufen Kohle, den ich gar nicht ausgeben konnte, außer für Klamotten.

Nach einigen Monaten machten sich bei der Band aber leider auch wieder Auflösungserscheinungen breit, sehr zum Missfallen der Plattenbosse. Es konnten zum Beispiel für den Leadgitarristen und für den Drummer, die beide ausschieden, kein Ersatz gefunden werden, der den Ansprüchen gerecht wurde.

Aushilfsweise übernahm ich dann für eine kurze Zeit den Part des Rhythmusgitarristen oder des Keyboarders. Alles war aber nicht zufriedenstellend, zumal ich selbst auch immer von den Umstellungen besonders betroffen war und ich das Gefühl hatte, mich quasi neu erfinden zu müssen. Denn jede Veränderung innerhalb einer bisher funktionierenden Band brachte auch Unruhe.

Wir hatten uns gerade bei Live-Auftritten richtig eingegroovt und schon nahte wieder eine Umbesetzung oder gar das Ende. Das machte irgendwann überhaupt keinen Spaß mehr und da auch beruflich wieder ein Wechsel anstand, zog ich mich, trotz aller Bitten meiner Bandkollegen, zurück. Kurz danach erhielt ich die Direktive, in meinen Heimatort zurückzukehren und von dort aus den Aufbau einer rheinischen Niederlassung zu steuern.

Noch mehr Verantwortung. Noch mehr Arbeit. Weniger Freizeit.

Die Musik rückte zunächst einmal wieder in den Hintergrund. Mit drei weiteren Kollegen arbeitete ich manchmal sechzehn Stunden täglich und an den Wochenenden an der Umsetzung der gestellten Aufgabe. Das machte mir viel Freude und die Zusammenarbeit war sehr kameradschaftlich. Gegenseitige Achtung und Hilfsbereitschaft, die Durchsetzung auch manchmal schwieriger Angelegenheiten bei Partnerfirmen und Booking-Agenturen und die Allüren deutscher, sogenannter Stars und deren Management, das alles gehörte zu unserem Alltag.

Und noch eins musste ich feststellen und das war mir zuvor noch nicht so klar vor Augen geführt worden: Der deutsche Künstler ist ein schwieriger Mensch. Nicht alle, aber viele. Bei den Amis oder auch den Engländern ging alles viel einfacher, leichter. Die wollten höchstens mal besonderes Essen oder ausgefallene Getränke und eine vollausgestattete Suite mit allem Pipapo. Der deutsche Musiker hatte da ganz andere Bedürfnisse. Das will ich hier aber nicht näher schildern, denn auch da gab es von Person zu Person nicht unerhebliche Unterschiede in der Erwartungshaltung dieser Leute. Und deren Management teilweise? Unglaublich. Da war die Arbeit mit den Amis doch um einiges einfacher. Easyer eben.

Zuhause eingetroffen, traf ich bei einem Besuch in einer Eisdiele zufällig auf eine junge Frau namens Alica. Sie war die Tochter eines ungarischen Konzertmusikers. In Deutschland geboren und aufgewachsen. Temperament und Aussehen aber auf jeden Fall ungarisch. Und ihren Bruder Jorge, ebenfalls Musiker, den traf ich gleich mit. Sehr angenehme Menschen im Umgang. Sehr sensibel und musikalisch, wie ich später feststellte, Topleute. Beide studierten und Alica suchte als Hobbysängerin einen neuen Job.

Sie hatte in meinem Heimatort in ihrer studentischen Freizeit gesungen. In einem Gospelchor und in zwei örtlichen Bands, die unterschiedliche Musikrichtungen darboten. Alica brachte auch gleich einen Drummer, Mike, mit und einen Keyboarder, Dennis. Im Verlauf dieses wirklich zufälligen Treffens, sprach mich Alica direkt an, da sie mich – welch ein Zufall – aus einem unserer alten Jugendheimauftritte, auf dem sie wohl im Publikum war, wiedererkannte. Und sie fragte mich, ob ich nicht die Lust und Zeit hätte, gemeinsam mit ihr und den beiden anderen Mitstreitern Rockmusik zu machen. Nur so zum Spaß. Ohne kommerzielle Absichten und so weiter.

Und da mir Alica sehr gefiel und ich ihr wohl auch, wurden wir schnell einig und wir verabredeten uns zu einem unverbindlichen Treffen bei ihr zuhause. Denn ich wollte ja auch die anderen Mitstreiter kennenlernen und prüfen, ob die Chemie stimmt.

Ich kramte mein Zeugs wieder hervor und stellte mich im Keller ihres Hauses, beziehungsweise dem Haus ihrer Eltern, wieder neu auf. Das war der Proberaum. Proben konnten wir immer. Egal ob Tag oder Nacht. Es gab keine direkten Nachbarn und die Eltern störte so ungefähr gar nichts. Das war schon etwas, nicht wahr?

Dennis, der Keyboarder hatte tatsächlich eine korrekte Hammond B3 mit Leslie-Box; Drummer Mike hatte ein Profiset von Ludwig mit allem Zick und Zack, den man sich denken kann. Von Cowbells über Roto-Toms bis hin zu diversen Beckengrößen und amtlicher Hardware. Ich erinnerte mich sofort wieder an die hessische Band, die genauso profimäßig ausgestattet war. Und so waren wir fast komplett. Es fehlte nur noch ein Gitarrist. Der war aber auch bald gefunden, da die Geschwister Alica und Jorge sehr gute Connections hatten.

Nach zwei Probetagen mit dem Gitarristen, seines Zeichens Musikstudent mit Namen Harry (welch ein Zufall), war der eingestellt. Klasse Mann. Fingerpicking, Soli, Flamenco – alles kein Problem für ihn. Der konnte es einfach. Gitarre spielen lag ihm sozusagen im Blut. Und so begannen wir mit den Proben. Da ich kein begnadeter Sänger bin, stand ich natürlich wieder wo? In der 2. Reihe rechts. Gleich neben dem Drummer. Kommt euch bekannt vor, nicht? Tja, so war das nun einmal. Damals.

Alica und ich kamen uns im Verlauf der Zusammenkünfte immer näher. Sie mochte mich und zeigte das auch. Ich begann, mich in sie zu verlieben. Nach etlichen glamourösen Abenteuern in der Vergangenheit, die keine weitere Bedeutung für mich hatten, außer der Liaison mit der Hoteltochter, empfand ich zum ersten Mal so etwas wie ein richtiges Gefühl des Verliebtseins. Ihre Wärme, die sie ausstrahlte, ihr Intellekt, der ausgeglichene Charakter, oder besser das ausgeglichene Wesen, das sie an den Tag legte, ihre Offenheit und Klarheit in den Sachen, die sie machte und vor allem die Ehrlichkeit, die dahinter steckte. Das waren für mich entscheidende Faktoren mich mit ihr, eventuell auch längerfristig, zu verbinden. Und da ich sowieso vom Aussehen und meinem Auftreten her der ideale Schwiegersohn war, wie man mir des Öfteren näher brachte, war ich bei ihren Eltern und Geschwistern ebenfalls gut gelitten und gern gesehen.

Ich selbst hatte ja keine Geschwister und so war ihr Bruder Jorge sofort mein Bruder im Geiste. Und ihre kleine Schwester, die ich bald kennenlernte, stand sowieso auf Typen wie mich, wie sie mir einmal anvertraute. Sie war ein Teenie und mit ihren gerade einmal vierzehn Jahren schon ganz schön erwachsen. Die steckte die Gleichaltrigen auf dem Gymnasium, das sie besuchte, mit ihrem Intellekt vermutlich komplett in die Tasche. Und die Familie an sich war schon eine Klasse für sich selbst.

Da gab es keine bösen Worte und andere Aufgeregtheiten. Alles, das ganze Familienleben, lief in geordneten und ruhigen Bahnen ab. Kein lautes Wort war jemals zu hören. Probleme innerhalb der Familie, sofern denn welche auftauchten, wurden gemeinsam besprochen und gelöst. Ohne große Zeterei oder ausufernde Wortgefechte.

Ich fühlte mich dort wirklich sehr wohl und wurde einfach gemocht.

Als Kind und Heranwachsender war ich Gast in vielen Familien. Bei meinen Kumpels zum Beispiel. Da war das damals aber ganz anders. Da gab es Streitereien zwischen den Geschwistern, großes Getöse zwischen Kindern und

Eltern und alles solche Sachen. So etwas habe ich bei Alicas Familie nie kennengelernt. Es war wirklich beeindruckend. Zumindest für mich, der ja, wie gesagt, anderes kennengelernt hatte und manchmal ganz schön verstört nach Hause ging ob der Worte, die dort teilweise fielen.

Nun gut. Aber da ich ein vorsichtiger Zeitgenosse war und bin, nahm ich mir zunächst vor, erst einmal abzuwarten, da der erste Anschein ja täuschen kann. Nach einigen wenigen Wochen war ich mir jedoch sicher: Da war nichts gespielt oder vorgetäuscht oder ähnliches. Die waren alle wirklich so, wie sie sich gaben.

Und nachdem ich Alicas Mutter, in Absprache mit Alica natürlich, eines Tages einen großen Blumenstrauß mitbrachte und ihr und ihrem Ehemann im Beisein von Alica erklärte, dass ich gern mit Alica gemeinsam eine Zukunft verbringen möchte, war ich ohne große Probleme herzlich willkommen. Alica bekräftigte den Wunsch ihrerseits auch noch einmal gegenüber ihren Eltern und dem inzwischen hinzugekommenen Bruder.

Und so gab es erst einmal Kaffee und Kuchen, bevor Alica und ich uns zum Proben in den Keller zurückzogen.

Alica

Na ja: Proben! Was niemand ahnte: Geprobt wurde an diesem Abend Liebe, nicht Musik. Und bei späteren intimen Treffen stellten wir beide fest, dass wir auch hier, also sexuell, sehr gut zusammenpassen. Und so war ich, eigentlich zum ersten Mal in meinem Leben, so richtig in festen Händen, um es in den Worten meiner Eltern auszudrücken. Bei denen war Alica von Beginn an gern gesehen und meine Eltern waren irgendwie erleichtert, dass ich endlich eine feste Partnerin gefunden habe, die auch noch meine Hobbys und Interessen teilt.

Nachdem ich immer mal wieder verschiedene Mädchen mit nach Hause gebracht und ich über meine Auslandsbekanntschaften nie ein Wort verloren hatte, machten sich meine Eltern schon irgendwie Sorgen. Zumal so gut wie alle meine Kumpels im ähnlichen Alter entweder schon lange verlobt oder verheiratet und teils schon mit Nachwuchs gesegnet waren. Von meiner Beziehung mit der Hoteltochter hatten die ja nichts mitbekommen. Die hatte ich nie mit nach Hause gebracht.

Sofern es die knappe Freizeit zuließ, traf ich mich mit meinen beiden besten Kumpels in den örtlichen Discotheken, obwohl uns die 80er Discomusik eigentlich so gar nicht zusagte. Die einzige am Ort befindliche Rock-Disco haben wir nur selten aufgesucht, da uns hier immer Haschischwolken entgegenwaberten und wir keine Freunde, auch nicht der leichten, Drogen waren. Ab und zu einmal ein Pils. Oder auch eins mehr. Aber das waren schon alle Drogen, die wir konsumierten. Neben dem obligatorischen Zigarettchen natürlich. Aber nur zur Entspannung.

Wenn wir die Disco' s verließen, stimmten wir häufiger auch ein Liedchen an.

So wurde aus „Hot Stuff" von DONNA SUMMER mal eben „Hausstaub". „Schau doch mal nach Hausstaub, Baby sofort. Wir brauchen Hausstaub, Baby sofort"! Oder aus „Voyage, Voyage" wurde „Blamasch, Blamasch" (Blamage, Blamage)! Hörte sich an wie „Am Arsch"!

Kapitel 5 – Retro

Ich wollte mich ja sowieso nie zu früh binden und habe alle Andeutungen von Freunden/innen in diese Richtung abgewiesen. Wenn meine Kumpels versuchten, mich irgendwie zu verkuppeln, kamen von mir immer Bedenken. Bedenken hinsichtlich der Figur, des Aussehens, den äußerlichen, vermeintlichen Schönheitsfehlern oder sonst was an Ausreden. Die Bemerkungen meiner Mutter, ob sie mir denn eine Freundin malen solle, ließ ich in der Regel unbeantwortet.

Beispiel:

Wenn meine beiden besten Kumpels, Detlef und Manfred, mit mir ab und an in der Disco waren, was nicht oft vorkam, versuchten die mich immer irgendwie zu verkuppeln. Da kamen so Dinger wie: „Guck mal da drüben. Die drei Weiber, die da stehen. Sehen doch alle gut aus irgendwie. Forder' die doch mal zum Tanzen auf."

Tat ich dann auch. Erst die hübsche Blonde mit den langen Haaren und der ausgesprochen gute Figur. „Darf ich bitten? Möchtest du?"

Ja, die wollte. Also zwei, drei Dinger abgetanzt, zurückgebracht zum Platz. Dann die nächste Kandidatin aufgefordert. In diesem Fall rothaarig. Lockige, lange Haare. Schlank. Etwas große Brüste. Egal. Auch mit der zwei, dreimal den Fußboden getestet und ab zurück. Dann Nummer Drei. Brünett. Halblange Haare. Etwas fülliger, aber nicht unbedingt dick. Sehr schöne Beine. Noch einmal den Disco-Fox gequält und bei „Lay Back In The Arms Of Someone" von SMOKIE einen Nahkampf-Fox mit Nackenriechen. Vorbei. Zurück zu meinen Kumpels.

„Und? Sag doch mal. War da was bei für dich?" Immer dieselben Fragen und von meiner Seite aus immer dieselben Antworten:

„Jetzt hört mal zu. Ich weiss das ja zu schätzen, dass ihr mich immer irgendwie aufmuntern wollt und zwangsverkuppeln möchtet. Meine Mutter würde auch gern sehen, dass ich endlich einmal eine feste Freundin habe. Da wird aber nichts daraus, weil ich kein Interesse an einer festen Bindung habe. Jetzt noch nicht. Vielleicht einmal später. Aber bei einigen Damen habe ich schon manchmal den Eindruck, dass die ganz schnell heiraten möchten und Blagen bekommen wollen. Das genau will ich aber noch nicht. Ich will erst einmal beruflich feste Wege finden und dann, wenn alles einigermaßen sicher ist, unter Umständen einmal eine Verbindung eingehen. Wenn es dann irgendwann einmal sein muss, auch verloben oder so etwas. Die drei oder vier Verbindungen, die ich in der Vergangenheit hatte und die auch länger als drei Wochen dauerten, die haben sich im Nachhinein immer als Fehltritte herausgestellt.

Bei der Einen, ihr wisst schon, hat sich das Problem von selbst gelöst, als ich herausfand, dass die heimlich säuft.

Bei der Anderen, ihr wisst das auch, musste ich leider Schluss machen, da sie am liebsten sofort verlobt sein wollte. Nach noch nicht einmal sechs Wochen. Sorry, Lydia. Nicht mit dem Hotte.

Und die Nächste, die ihr ja auch noch kennengelernt habt? Na, das war ja schlimm. Wir waren drei Monate zusammen, da hatte sie schon ohne mir etwas zu sagen, eine Wohnung für uns gesucht. Und, was ja schon an Körperverletzung grenzt, mit ihren Eltern einen Termin für eine

Hochzeit gesucht. Ja. Bin ich denn der Leo? Was soll so `n Scheiß denn?"

„Ja, aber", versuchte mein Kumpel Manni einzulenken. Doch ich ließ ihn gar nicht erst zu Wort kommen und fuhr ungebremst fort:

„Und außerdem. Was vermittelt ihr mir da immer für Weibchen? Habt ihr gesehen? Die gutaussehende Blonde mit den langen Haaren? Die hatte einen leichten Silberblick. Wenn ich der in die Augen guckte, konnte ich nicht verifizieren, wo sie hinschaute oder wen sie anschaute. Und ich selbst begann schon fast mit zu schielen. Ansonsten war die schon eine Wucht. Aber so? Nee.

Und die Rothaarige. Geile Figur, schöne Haardichte, niedliche Sommersprossen, wie bei Roten so üblich. Als die sich aber in ihrem Minirock umdrehte und auf die Toilette ging, da stellte ich fest, dass die Kniesacken hatte. Die brach richtig mit beiden Knien weg. Nee.

Und die Braune? So schlechte Zähne habe ich schon lange nicht mehr gesehen. Die hatte mit knapp zwanzig, älter war die nicht, schon eine Riesenbaustelle in ihrem Mund. Und das soll ich später bezahlen? Nee."

Die Woche darauf: Dasselbe in Grün. Disco, Kumpels. Mädchen, Musik. Der eine Kumpel, wie aufmüpfig: „Du, Hotte, guck mal da drüben. Die guckt dich schon die ganze Zeit an. Die will mit dir tanzen."

Ich schaute rüber und stellte fest, dass er wohl Recht hatte. Sehr hübsches Mädchen. Lange Beine lugten unter ihrem Minirock hervor. Wohlgeformte, kleine Brüste zeichneten sich unter dem eng sitzenden, knappen Top ab. Wunderschön geschnittenes Gesicht mit einer hübschen Nase, braunen Augen und blonden Haaren, die bis an ihren Po reichten. Da bekam ich schon feuchte Augen. „Ja gut", gab ich zum Besten. „Versuche ich einmal."

Erleichtert bestellten sich die Kumpels noch jeweils ein Bier und ich zwängte mich durch die Menge zu der Hübschen und forderte sie zum Tanz auf. Bereitwillig folgte sie mir auf die übervolle Tanzfläche und wir schoben uns im Nahkampf durch die anderen Paare. Sehr nah aneinander. Gezwungenermaßen. Der enge Körperkontakt blieb wohl bei uns beiden nicht ohne Folgen. Sie legte ihre Hände komplett um meinen Hals und ich durfte sie noch näher mit beiden Armen an mich ziehen, so dass sich nicht nur unsere Unterkörper aneinander rieben. Das gab mir etwas Hoffnung. Vielleicht war die ja noch nicht vergeben. Ich schaute sie nach den ersten beiden Tänzen an. Sie wollte nicht aufhören. Das signalisierte mir ihr Blick. Ich kann nämlich Blicke lesen. Vor allem dann, wenn ich gerade dabei war, mich ernsthaft zu verlieben. Man soll es nicht glauben. Es war aber so.

Ich also zu ihr in `s Ohr: „Bist du schon vergeben?" „Nee. Bis jetzt hatte ich nur oberflächliche Bekanntschaften. Meine letzte feste Verbindung ist schon zwei Jahre her", antwortete sie mir. „Und?", fragte ich. „Hättest du Lust, dich noch einmal irgendwo anders mit mir zu treffen?"

Die Antwort kam wie aus der Pistole geschossen, gleich mit Vorschlägen: „Ja klar. Wie wäre es denn, wenn wir beide einmal ins Autokino am nächsten Wochenende, von mir aus schon Freitag, fahren würden? Da laufen zurzeit tolle Filme. Holst du mich gegen 19.00 Uhr dann ab? Bei mir von zu Hause? Ich wohne in xxx."

Boah ey. Die langte aber für `s erste Aufeinandertreffen richtig trocken zu. Dachte ich so bei mir, bevor ich erwiderte: „Ja, das wäre schon o.k.! Kann ich dich denn später nach Hause bringen?" „Na klar", antwortete sie mir. „Komm, lass uns sofort gehen!"

Da war ich perplex. Mein lieber Mann. Die geht aber ganz schön in die Vollen. Ich also schnell hinüber zu meinen Kumpels, bedankte mich noch für ihre aufmerksame Vermittlung, zahlte unseren und ihren Deckel und dann verdrückte ich mich unter den Blicken der verdutzt schauenden, zurückbleibenden Freunde.

Ich holte meine Luxuslimousine, einen FORD Capri 1600 GT in feuerrot mit schwarzem Kunstlederdach vom Parkplatz, ließ sie einsteigen und wir fuhren die ungefähr 761 m zu ihr nach Hause. Dort angekommen dann die nächste Frage: „ Kommst du noch mit rein?" Ich war, ehrlich gesagt, überrascht. Wenn nicht mehr. „Na klar", antwortete ich. „Na, dann komm mal mit", meinte sie. „Aber erschrick nicht", gab sie noch zum Besten. Ich mich erschrecken? Warum? Da konnte ich mir noch gar keinen Reim drauf machen.

Ich stieg also aus, öffnete ihr die Tür, wie es sich für guterzogene Bengels gehörte und verschloss dann den Wagen. Wir bogen um eine Hausecke, begaben uns in einen Hinterhof und gingen schnurstracks auf die Haustür eines 4-Familienhauses zu. Sie kramte ihren Schlüssel aus ihrem Handtäschchen, schloss die Tür auf.

Dann ging sie vier Stufen vor mir eine Treppe hinauf, steuerte auf eine Wohnungstür im Erdgeschoss zu, schloss auch diese Tür auf und wir standen in einer geräumigen Fünfzimmerwohnung. Zunächst einmal im Flur. Flürchen wäre das bessere Wort für diese Minidiele.

Mir entgegen kamen ein Chow-Chow, ein Pudel, ein Dackel, ein Mops, ein Kater und eine gestreifte Katze. Alle mit den Schwänzen wedelnd und um uns herumtänzelnd. Leises Bellen und Jaulen. Alle gestreichelt ordnungsgemäß und dann ging das Mädel vor mir her in das Wohnzimmer. Hier hielten sich gefühlte zehn Personen auf. Mama, Papa, Geschwister, Freunde und Freundinnen von Geschwistern. Was weiß ich nicht wer.

Ich wurde vorgestellt: „Das ist mein neuer Freund, der..wie heißt du eigentlich?" fragte sie mich leise. „Na, Hotte. Habe ich das noch nicht gesagt? Auf der Tanzfläche?", erwiderte ich leise. „Ja, also das ist mein neuer Freund, der Hotte", stellte sich mich den Anwesenden vor. „Hallo Hotte", kam es wie im Chor zurück. Alle drehten sich kurz zu mir um und wendeten sich dann wieder dem Fernseher zu, vor dem alle saßen und irgendeine unwichtige Quizsendung verfolgten. Was da lief, weiß ich gar nicht mehr. Kulenkampff oder irgend so etwas Ähnliches.

„Das ist mein Bruder xxx, das ist mein Bruder xxx, das ist meine Schwester xxx, das ist meine Schwester xxx, das ist mein Vater, das ist meine Mutter und das ist der Freund von meiner Schwester xxx, das ist die Freundin von meinem Bruder, die xxx", sprudelte aus ihr hervor.

Die Namen sausten bei mir in' s linke Ohr hinein und aus dem rechten wieder heraus. Das kann man sich in dieser Geschwindigkeit, die sie an den Tag legte, nicht merken. Selbst ihren Namen kannte ich immer noch nicht. Keiner rührte sich mehr.

Die Quizshow muss spannend wie ein Autorennen sein, dachte ich so bei mir.

Dann schob sie mich vor sich her und wir betraten ein, na, ich würde einmal sagen, ein Mädchenzimmer. Rechts ein Doppelstockbett. So ein Ding übereinander. Arm, wer oben schlafen muss, dachte ich. Bei dem geringen Deckenabstand und der Luft. Geht eigentlich nur bei geöffnetem Fenster. Links ein Einzelbett. „Hier schlafe ich", sagte sie in einem Ton, als hätte sie meinen fragenden Gesichtsausdruck erkannt.

„Toll", sagte ich. „Aber weißt du. Das geht ja alles ziemlich schnell bei dir. Mich bei deiner Familie als neuen Freund vorzustellen und so. Wir kennen uns gerade (ich schaute auf meine Uhr) 75 Minuten", stellte ich so nebenbei fest.

Sie streifte ihre hochhackigen Pumps von ihren Füßen und ließ ihren Minirock fallen. Ich schaute auf eine Strumpfhose, vermutlich Marke NUR DIE, 20den, darunter ein kleiner Slip.

„Du willst dich doch jetzt nicht nackig machen?", fragte ich amüsiert. „Nee. Ich muss nur diese Scheiß Nylons loswerden. Total unbequem, die Dinger. Und kneifen in der Taille tun sie auch." Gesagt, getan, rubbelte sie ihre Strumpfhose hinunter und schlüpfte anschließend mit ihren nackten Beinen, die wohlgemerkt sehr ansehnlich waren, in eine der damals angesagten Ballonseide-Trainingshosen. Ich erinnerte mich an einen Fernsehauftritt von Modern Talking. Die beiden Jungs hatten auch immer diese Proletenteile an. Fürchterliches Zeugs. „Luftundurchlässige Pupssäcke" haben wir die immer genannt.

„Um auf deine Frage zurückzukommen", ergriff sie die Initiative oder das Wort. „Von wegen ,es geht schnell bei dir' und so weiter. Nein. Es geht bei mir überhaupt gar nichts schnell. Ich bin heute zum ersten Mal seit Jahren der Meinung, dass du und ich gut zusammenpassen würden. Obwohl: Du hast natürlich recht. Du bist von mir überrumpelt worden und fühlst dich irgendwie komisch, nicht?"

„Tja", sagte ich. „Überrumpelt eigentlich weniger. Ich habe nur so komische Erfahrungen gemacht. Einmal hatte ich eine Bekanntschaft, die sich dann als mannstoll herausstellte. Die wollte und konnte immer und überall. Was ja eigentlich nicht schlecht ist oder war in unserem Alter damals. Aber da kann ich auf Dauer natürlich nicht mit umgehen. Wenn du verstehst, was ich meine."

„Doch", sagte sie. „Das kann ich verstehen. Zu dieser Sorte Mädchen gehöre ich aber nicht. Ich war nur so von dir, nun, ich sage einmal einfach, fasziniert, dass ich es einmal darauf ankommen lassen möchte und dich so schnell wie möglich näher kennen lernen will. Du hast sanfte, blaue Augen und deine Haare und dein Auftreten. Das hat mich irgendwie beeindruckt. Nicht so draufgängerisch und großmäulig, wie viele andere, die ich kennengelernt habe. Wie das weitergeht mit uns, das muss die Zeit zeigen, nicht wahr?"

Na, das war ja einmal ein tolles Statement.

Nun gut. Hatte ich so auch noch nicht. Ein Mädel nach Hause gebracht.

O. K. Knutschen im Auto. Tschüss. Bis morgen. Oder bis wann auch immer. Aber sofort rein in die Familienhütte und allen sagen ‚Das ist mein neuer Freund'. Äh. Das machte mich schon irgendwie argwöhnisch. Trotzdem ließ ich es darauf ankommen und ignorierte zunächst einmal meine Vorbehalte.

„Und?", fragte ich jetzt. „Was machen wir jetzt? Liest du mir ein Märchen vor, damit ich besser einschlafen kann? Im Schlafzimmer bei dir sind wir ja schon", meinte ich ironisch. „Und eines musst du mir noch verraten. Ich weiß gar nicht, wie du heißt!"

„Rotraud", antwortete sie etwas kleinlaut. Rotraud, dachte ich so bei mir. Auch sehr ausgefallen. So wie die ganze Kennenlernaktion bisher. „Schöner Name", gab ich zum Besten. „Meinen Namen hast du ja schon im Wohnzimmer vorhin ausposaunt. Die kennen mich schon alle. Und noch einmal. Was machen wir jetzt hier?"

„Sei bitte nicht böse. Tut mir wirklich leid, wenn du dich überrumpelt fühlst. Das war nicht meine Absicht. Ehrlich nicht. Ich möchte gerne mit dir reden. Dich was fragen, was du machst, wo du wohnst und so weiter", antwortete sie mir endlich auf meine Frage.

Ich erzählte ihr also von meinem Beruf, dass ich Hobbymusiker bin und leider wenig Freizeit habe. Zum einen wegen des Berufs, zum anderen wegen der Musik eben. Dass ich eine kleine 2-Zimmerwohnung im Haus meiner Eltern habe und kurz vor einem Umzug in eine andere Wohnung stehe. Das konnte ich damals so unterschreiben, da das den Tatsachen entsprach. Da war noch nicht klar, dass ich beruflich anderweitig gefordert werden würde.

„Oh. Du machst Musik. Was spielst du denn für ein Instrument?", wollte sie wissen. So erzählte ich ihr von meinen Ausbildungen auf dem Akkordeon, die Klaviatur rauf und runter betreffend Klavier, Gitarre, Bass, Elke und so weiter. Sie fand das alles wohl sehr spannend. Zumindest tat sie so. Mehr vordergründig. Ich konnte mich des

Eindrucks nicht erwehren, dass sie rein technisch an Musik wenig Interesse hatte. Bedingt durch die Zeit war Discomusik angesagt und das war letztendlich nie mein Ding. Von einigen wenigen Ausnahmen vielleicht abgesehen. Und so fragte ich sie nach ihren Hobby' s, Beruf, Ausbildung. Denn jetzt war ich dran mit Fragestunde.

„Ich bin Krankenschwester, hier im Hospital. Abgeschlossen habe ich vergangenes Jahr und arbeite jetzt auf der Intensivstation. Um dort bleiben zu können, fange ich jetzt eine Zusatzausbildung zur Intensiv-Pflegefachkraft an."

„Ja. Das ist ja von Vorteil für mich. Wenn ich einmal verletzt bin, kannst du mich sofort verarzten, nicht? So mit Wiederbelebung und Mund-zu-Mund-Beatmung?", gab ich zurück. Sie lächelte mich an und sagte: „Sicher. Das mit der Mund-zu-Mund-Beatmung, das muss ich noch mehr üben. Das ist in der Intensivpflege wahnsinnig wichtig. Deshalb hatte ich mir vorhin in der Disco überlegt, ob ich in dir vielleicht ein geeignetes Übungsobjekt gefunden habe."

Sprachs, rutschte zu mir herüber, zog meinen Kopf beidhändig zu sich und knutschte mit einer Nachdrücklichkeit, wie ich es kaum vorher erlebt habe.

Mit Gewalt fuhr sie mit ihrer Zunge in meinen Mund und suchte die Berührung mit meiner Zunge. Da brauchte sie nicht lange suchen. Das wäre auch bei mir ohne Gewalt gegangen. Ich kam ihr da sehr entgegen, denke ich einmal. Und so umkreisten uns unsere Zungen beidseitig und eine meiner Hände fuhr in ihren von ihrer Hose bedeckten Schritt, was sie allerdings nicht weiter zuließ. Das Signal erkennend, ließ ich das sofort sein und ging etwas höher an ihre Brüste. Das passte ihr wohl schon eher. Also gab ich mein Bestes.

Nach einer Weile ließen wir voneinander ab und ich wollte mich dann auch eigentlich verabschieden. Sie willigte ein und bekräftigte, dass sie sich auf den kommenden Freitag zusammen mit mir freute. Tür auf, durch das Wohnzimmer marschiert, von allen Anwesenden kurz verabschiedet und ab ging' s durch die Tür in den Flur des Hauses.

Sie küsste mich noch einmal auf den Mund, drehte sich dann um und verschwand in der Wohnung.

Nachdenklich begab ich mich zu meinem Auto, stieg ein und fuhr nach Hause. Den Kopf so ziemlich voller komischer Gedanken. Schauen wir einmal, was der Freitag bringt.

Am nächsten Tag ruft mich einer meiner beiden Kumpels aus der Disco an und lässt seiner Neugierde freien Lauf. Was denn wie, wo, warum gewesen wäre. Und da wir, wie auch die Weiber unter sich, also die Freundinnen untereinander, keine Geheimnisse haben, schilderte ich ihm den weiteren Verlauf des Abends und meldete aber gleichzeitig meine Bedenken an.

Die wischte er sofort mit zwei Sätzen beiseite und meinte noch, dass ich doch froh sein solle, dass ich so ein tolles Mädchen, dazu noch mit Vollausbildung und korrektem Beruf und so weiter, gefunden hätte. Er laberte und laberte und laberte.

Alles positiv sehen, meinte er noch. Dann kam noch die Frage nach den anderen Mädels von vorher. Und da platzte mir dann der Kragen:

"Mein lieber Detlev", begann ich meinen länger dauernden Monolog. „Jetzt noch einmal. Ihr seid mir die besten und liebsten Freunde, dich ich habe. Und ich bin euch auch wirklich immer sehr dankbar, manchmal aber auch abgeneigt, euren Hinweisen auf Mädels zu folgen. Selbst meine Mutter will immer versuchen, mich an irgendwelche Weiber zu verkuppeln, da sie der Meinung ist, dass ich doch endlich einmal eine feste und dauerhafte Beziehung eingehen solle. Selbst eine meiner entfernteren Cousinen dritter Reihe wäre für sie für eine Beziehung in Frage gekommen.

Ihr zwei, also auch du, ihr seid beide schon länger liiert. Der Eine verheiratet mit Kind, der Andere in einer langen Beziehung. Das ist auch gut so und wie ich meine festgestellt zu haben, passt bei euch auch alles. Ich aber habe andere Vorstellungen.

Die paar Beziehungen, die ich, teils auch länger, hatte, sind meistens an mir hinsichtlich meiner Vorurteile oder besonderen Vorstellungen gescheitert. In einigen wenigen Fällen, die ihr kennt, an den Mädels selbst. Ich habe alle in die Flucht geschlagen. Und ich hatte meine subjektiven Gründe dafür, von denen ich nicht allen alles erzählt habe. Mache ich auch nicht. Das ist alles Schnee von gestern und ich rede mir nicht den Mund fusselig über Mädchen, mit denen ich die eine oder andere Beziehung hatte. Ich erwarte im Gegenzug von den Mädels eine entsprechende Verhaltensweise. Die Guten haben mich bisher auch nicht enttäuscht.

Ihr und auch meine Mutter, ihr kommt dann teils mit Sahnetörtchen an, die mir einfach nicht in meine Ansichten passen oder jenseits meiner Vorstellungen sind. Die eine ist zu dünn. Hühner hatte mein Opa im Stall. Die nächste hatte Waden wie Sektflaschen, trägt aber trotzdem Miniröcke oder zu enge Jeans. Hat ihr niemand gesagt, dass ihr das nicht steht? Eine weitere hatte beim Gehen Kniesacken. Beidseitig und gleichzeitig. Kann ich nicht akzeptieren. Sorry. Dann war da eine, die hatte im Maul eine Baustelle. Und das mit noch nicht einmal zwanzig Jahren. Die kostet später. Aber richtig. Aber nicht von mir.

Dann hattet ihr mir eine angedient, die hatte Brillengläser, die waren so dick wie Glasbausteine. Auch hier kommen ungeheure Kosten auf den Ehemann zu. Unter Umständen. Dann bin ich selbst auf eine reingefallen, die war mannstoll. Die konnte und wollte jederzeit und überall. War ja nicht schlecht. Aber heiraten? Nee. Danke. Dann, ihr könnt euch sicher noch erinnern, hatten wir eine kennengelernt, die hatte dermaßen Knieschlag, da hörte man beim Gehen, wie die Knie aneinanderschlugen. Knorpelschäden sind da vorprogrammiert. Nichts für mich.

Die nächste wiederum war dermaßen O-beinig, dass ich dachte, die wäre mit Pferd drunter schon bei Mama aus dem Bauch gefallen. Geht auch nicht. Wieder die nächste war schwerhörig. Was ich nicht wusste. Erst als ich ein bisschen gefummelt habe und „eine dritte Brust" ertastete merkte ich, dass das nicht eine dritte Brust, sondern das Hörgerät war, das sie um den Hals trug. Geht auch überhaupt nicht.

Die Tage hattet ihr mir eine ausgeguckt in der Disco, du weißt schon, die hatte einen Silberblick, wie ich ihn vorher noch nie wahrgenommen hatte. Als ich ihr tief in die Augen schauen wollte, schielte ich automatisch mit. Kann das Mädel ja nichts für. Aber kann ich nicht goutieren. Sorry an alle Silberblicke.

Dann war da die Kleine, Nette, Hübsche. Die mit den ganz langen schwarzen Haaren, ungefähr so meine Schuhgröße vom Aussehen her. Apropos Schuhgröße: Die hatte bei nur 1,58 m Körpergröße eine Schuhgröße von, ich glaube, so 46. So kleine Elbkähne mehr, wenn du weißt, was ich meine. Von der Tussi mit der Nase so groß wie ein Kinderschuh im Gesicht will ich hier gar nicht mehr sprechen.

Oder denke einmal an die Heide. Du weißt schon, schlank und rank. Wirklich hübsches Gesicht und auch wirklich nicht doof in der Birne. Super Figur. Sehr gepflegt und auch korrekt und aus gutem Hause. Von den Proportionen her ein Meisterstück. Keine zu langen Arme oder zu große Hände oder Füße. Sehr schönes, weiches und langes Haar. Keine zu große Nase oder ein zu großer Mund. Absolut die Traumfrau. Da war ich ja auch einige Wochen mit zugange, wenn ihr euch erinnert. Zwischen so langen und wohlgeformten Beinen habe ich nie wieder gelegen. Da passte wirklich fast alles. Und weißt du, warum fast? Beantworte dir die Frage selbst. Du weißt, warum das nicht gepasst hat. Die musste sich immer extraflache Schuhe anziehen, wenn wir irgendwo hingehen wollten. Die war nämlich für meine Körpergröße von 1,76 m einfach schon zu groß. Die hatte ungefähr 1,88 m auf der Latte.

Da halfen auch keine flachen Schuhe mehr. Wie ich hörte, hat sie aber jetzt einen passenden Partner gefunden. Der soll wohl über 2,00 m sein. Wünsche ich ihr. Hoffentlich weiß der die Vorteile auch so zu schätzen, wie ich damals.

Und dann denke einmal an die Kleine mit den hellblauen Augen aus der alten Disco damals. Ganz am Anfang. Als wir das dritte oder vierte Mal zusammen dort gewesen sind. Die passte für mich fast wie die Faust auf das Auge. Angenehme Person. Sehr charakterstark und genauso feinfühlig. Sensitiv, möchte ich fast einmal sagen. Die interessierte sich sogar tatsächlich und ernsthaft für meine Musik und meine Hobbys. Nach fast drei Monaten kriegte ich dann mehr zufällig heraus, dass die schon einmal verheiratet war, ein kleines Kind hatte und dieses Kind, wenn sie mit mir zusammen war, immer zu ihrer Schwester brachte. Mir hat sie davon nie etwas erzählt. Und für das Aufziehen anderer Leute Blagen bin ich mir zu schade. Auch andere Mütter haben schöne Töchter. Vielleicht auch eben nicht verheiratete und vielleicht auch ohne unterdrückte Kinder. So ein Verhalten ist einfach Mist. Und da verliere ich manchmal den Glauben an die wahre Liebe, die es vermutlich sowieso nur am Anfang einer Beziehung gibt und die, je nachdem, so und so lange hält. Oder direkt nach der Heirat schon im Eimer ist.

Und dann war da ja noch die eine Tusse, die mich mit Haut und Haaren haben wollte und mir alle Wünsche, auch die sexuellen, erfüllte, nur um ja geheiratet zu werden. Da verlierst du wirklich mehr als den Glauben. Und daher ist meine Vorsicht noch vorsichtiger geworden. Die Vorsicht vor der Vorsicht, sozusagen. Mein Misstrauen ist gewachsen und ich habe keine Lust, ein Lückenbüßer für irgendwelche verkrachten Existenzen zu werden.

Oder für Träumereien, die ich im Endeffekt nicht erfüllen könnte.

Diejenigen der Mädels, die mit 19, 20 oder 21 Jahren geheiratet haben oder heiraten mussten, weil etwas ‚unterwegs' war und die ihre Familien nicht enttäuschen wollten durch diese Maßnahme, sind heute nicht mehr so glücklich wie vorher. Nicht alle. Aber viele. Ausnahmen bestätigen, wie immer, die Regel.

Erinnerst du dich noch an die Marga? Die wollte meine Mutter mir auch aufzwingen. War eigentlich auch alles in Ordnung. Bis ich ihre Perücke eines Abends im Auto beim Knutschen in der Hand hielt und sie mir gestand, dass sie eine genetisch bedingte, angeborene Störung hat. Bedauerlich. Aber nichts für mich.

Oder Anna-Maria. Die Blonde mit den blauen, wunderschönen Augen aus der Badeanstalt. Die war der Hammer. Die flog auch sofort auf mich. Und als ich sie im Bikini das erste Mal sah, war ich hin und weg. Blind einfach. Die war doch wunderschön und hatte, wie du es damals ausgedrückt hast, einen ‚geilen Balg'. Ja. Hatte sie. Und wäre auch vielleicht wirklich was daraus geworden. Bis ich beim Küssen ihre obere Vollprothese auf meiner Zunge hatte. Sie hatte mir nämlich vergessen zu sagen, dass sie oben bereits mit 17 Jahren keine eigenen Zähne mehr besaß. Angeblich auch ein genetisches Problem, das in ihrer Familie lag.

Und so, wie ich damals meiner Mutter klarmachen konnte, dass sie für mich keine Mädels suchen soll, so erkläre ich dir und damit euch das auch noch einmal: Ich suche mir meine Edelgewächse selbst aus. Ohne Hilfestellung und ohne Beistand. Einfach nur ich. Dass ich mir meine Zukünftige nicht malen kann, das weiß ich inzwischen selbst. Und dass kein Mensch vollkommen ist, das weiß ich auch. Ich selbst bin nicht vollkommen, auch wenn ich es mir manchmal einbilde.

Also, liebe Freunde, lieber Detlev. Nicht böse sein. Wir sollten uns in Zukunft darauf beschränken, dass ihr mir keine Vorschläge mehr unterbreitet. So nett und lieb das auch gemeint war und ich ja auch einiges dankend angenommen habe. Ich versuche das jetzt einmal mit der Kleinen. Freitag fahren wir in `s Autokino. Schauen wir mal, wie das weitergeht und was sich eventuell daraus entwickelt oder auch nicht. Ich werde euch auf jeden Fall auf dem Laufenden halten.

Womit hab ich das verdient, dass ich immer nur solche Weiber kennenlerne? Will mich da jemand bestrafen? Geht es mir alleine nur so, oder haben andere eventuell gleiche oder ähnliche Probleme, ähh, Bekanntschaften? Und wenn nicht: Sind meine Ansprüche zu hoch geschraubt? Manchmal denke ich das ja, weil meine Mutter schon einmal fragte, ob sie mir ein Weiblein malen solle."

Damit war einer der längsten Texte, die ich je am Telefon in einem Stück von mir gegeben habe, beendet. Mein Gegenüber war noch einen Moment sprachlos. Dann hörte ich aus der Muschel: „Du hast ja recht. Wir haben das ja immer nur gut gemeint. Und du hast ja auch zwangsweise immer mitgespielt. Das sollten wir wirklich lassen. Ich melde mich nächste Woche noch einmal bei dir und hoffe, dass das was wird. Viel Glück. Ich wünsche es dir. Bis dann!"

Sprachs, legte auf und damit war das Gespräch zunächst bis auf weiteres beendet. Es tat mir gut, dass ich einmal das ausgesprochen habe, was mir auf der Seele lag und mich schon länger beschäftigte. Nur wollte ich, ganz klar, meinen Kumpels nicht vor den Kopf stoßen. Aber ewige Dankbarkeit schien mir auch irgendwann fehl am Platze. Im Nachhinein war ich beruhigt, dass die Beiden mir versicherten, mir nicht böse zu sein ob meiner Feststellungen und dass sie eigentlich ganz dankbar für die Abfuhr, wie sie es nannten, waren. Die Freundschaft litt nie unter diesem von mir initiierten Wortschwall gegenüber Detlev. Bravo.

Freitag: 18.30 Uhr. Rotraud von zu Hause abholen.

Geschniegelt und gebügelt verließ ich das Haus, stieg in meinen Pseudoporsche und raste meiner neuen Flamme entgegen.

Bei ihr angekommen stieg ich aus, verschloss das Auto und begab mich in den Hof zu der Haustür. Jetzt hatte ich mir den Nachnamen gar nicht gemerkt beziehungsweise hatte ich danach nicht gefragt. Vier Parteien im Haus. Kann ja so schwer nicht sein. Meistens sind die unteren Klingeln die richtigen für die Erdgeschoßwohnungen. Ich also die unterste zuerst gedrückt. Der Türsummer brummte und ich stieß die Tür auf. Dann blickte ich in das Antlitz eines der schönsten Mädchen, das ich jemals gesehen zu haben glaubte. Sie war eine Göttin. Fein geschwungene Gesichtszüge mit einer wirklich schönen Nase, einem süßen Mund, einer blonden, langen Mähne und blauen Augen.

Sie schaute mich fragend an und bemerkte, dass ich etwas verwirrt war. Ich fragte nach Rotraud, die ich abholen wolle und sie pfiff kurz rücklings in den Flur.

Kurz nach dem Pfiff erschien Rotraud. Nett anzusehen. Purpurfarbene Bluse, leicht transparent aber nicht zu aufdringlich durchsichtig, Midi-Rock in Schwarz, der bis zu den Waden reichte (war damals neben Mini und Maxi modern) mit einem seitlichen Schlitz, der wiederum bis zum Hüftansatz reichte. Atemberaubend, sage ich euch. Zu diesem Ensemble, es war ja Sommer, leichte Pumps mit etwas erhöhtem Absatz. Aber nicht billig. Weiblich. Süß eben. Und keine Strumpfhose Weil: Die kneift ja. Und es war Sommer.

Rotraud meinte, ich solle doch noch eben herein kommen, wir hätten ja noch Zeit. So ging ich in das mir schon bekannte Wohnzimmer das, im Gegensatz zur Vorwoche, menschenleer war. Bis eben auf die Madonna, die ich eben beschrieben habe. Die würdigte mich keines weiteren Blickes und ich merkte schon, wie sie gestrickt war. Nicht, dass ich eventuell überhaupt nicht ihr Typ wäre und dass sie mehr auf vermutlich dunkelhaarige Typen steht. Das wohl weniger.

Sie wusste eben nur zu genau, wie sie auf das andere Geschlecht wirkte und war sich dieses Umstandes durchaus bewusst und konnte das auch zeigen, indem sie sich noch wichtiger machte, indem sie sich anscheinend um nichts kümmerte.

Insbesondere nicht um die Blicke, die sie ohne Zweifel selbst wissend auf sich zog. So eine Art Prinzesschen eben. Gleichgültigkeit machte sich bei mir breit. Von ihr wollte ich auch nichts.

Solche Hühner sind mir in der Vergangenheit schon des Öfteren begegnet. Die waren von ihrem Gehabe her eigentlich immer irgendwie gleichgeschaltet. Egal, ob blond, braun oder irgendwie mit gefärbter Haarpracht. Das war übertriebenes, nach außen zur Schau gestelltes Ego-Gehabe.

Solche Tanten laufen in aller Regel schnell in den Hafen der Ehe mit ihrem vermeintlichen Traummann ein und werden, größtenteils, unglaublich enttäuscht. Denn meist sind diese Traummänner gleich gestrickt. Nur, dass die ihr Ego anders auszuspielen wissen und viel heftiger ausleben. Da zieht der weibliche Part meist den Kürzeren. Das waren so meine Gedanken, die mir durch Kopf schossen. Ich kümmerte mich weiter nicht um sie. War ja nicht meine Baustelle.

Von Rotraud gab es erst einmal eine Tasse Kaffee. Einen so schrecklichen Kaffee hatte ich schon lange nicht mehr, sagte aber nichts. Mit etwas Milch war der noch eben zu ertragen. Plörre eben. Marke Raststätte. Ohne Substanz. Schade um die verschmutzte Tasse. Na ja. Dann ging alles ganz schnell. Rotraud warf sich noch eben einen leichten Lidschatten, den sie eigentlich gar nicht nötig hätte, auf, zog ihren Lidstrich, den sie eigentlich gar nicht brauchte, nach.

Gut, dass sie keinen Lippenstift auftrug, dachte ich so bei mir. Eigentlich brauchte Rotraud an Schminke oder sonstigen Schönmachern gar nichts. Die war wirklich ohne Puder und sonstigen Schmiermist hübsch. Ich vermeide das Wort ‚schön‘. Das ist zu blöde und gibt nicht wirklich wieder, was man objektiv empfindet. Und jeder empfindet anders. Und so empfand ich Rotraud ohne Schminke als hübsch. Überdurchschnittlich sogar.

Auf dem Weg zum Auto konnte ich mir die Frage nach der Madonna aber nicht verkneifen.

„Wer war das gerade? Die, die mir die Tür aufgemacht hat?", fragte ich ganz unverblümt. „Das war doch meine Schwester. Die hast du doch letzte Woche, als du bei uns warst, schon gesehen und begrüßt", antwortete sie mir. Ich war ziemlich überrascht, denn an die konnte ich mich gar nicht richtig erinnern. „Hmm", gab ich zurück. „Die sah aber, glaube ich, etwas ganz viel anders aus, oder?"

„Ja, kann schon sein, dass du sie anders in Erinnerung hast. So ohne Haarteil und Schminke sieht sie irgendwie Scheiße aus mit ihrem Eierkopp", gab Rotraud zum Besten. Ich war irgendwie etwas geschockt, antwortete aber nicht weiter, sondern konzentrierte mich auf die Fahrt ins Autokino. Meine Gedanken kreisten zwar noch über die geschminkten Mädels, die ich früher einmal kennengelernt hatte und die nach Abkratzen ihrer Gesichtsverzierungen plötzlich auch ganz anders aussahen als in der Disco am Abend zuvor. Aber was soll`s?

Dunkel wurde es um diese Jahreszeit erst gegen 20.30 Uhr oder später. Die Vorstellungen begannen daher gegen 20.45 Uhr. So hatten wir noch genügend Zeit, um uns einen Hamburger an der Frittenbude, die auf dem Gelände des Kinos stand, reinzuziehen. Und noch zwei Cola zum Mitnehmen in`s Auto. 6 Mark 80 weg. 12 Mark für den Eintritt oder die Einfahrt und schon waren zwanzig Eumels für immer fort. Machte aber nichts. Andere versaufen 50 Emmchen am Tag, dachte ich so. Andererseits muss ich zugeben, dass die Cola von Rotraud bezahlt wurde. Also etwas war wieder eingespart worden.

Am Auto angekommen Platz genommen, Scheibe ein wenig runtergekurbelt und die Lautsprecherbox in die Seitenscheibe gehängt. Fenster wieder zu, soweit es ging. Fertig war die Musik. Und jetzt: Bequem machen war angesagt. Die Rücksitzlehnen ein wenig nach hinten stellen und der Musik lauschen, bis der Film anfängt. Dämmerig war es schon. Dann der obligatorische Gong wie im richtigen Kino und los ging`s. Den Titel weiß ich nicht mehr. War auch unwichtig.

Hauptsächlich fuhren Pärchen in ein Autokino, um Spaß zu haben. Ein wenig knutschen hier, ein bisschen fummeln dort. Film? Nebensache!

Der Schlitz in Rotrauds Midi-Kleid war genau auf meiner Seite. Ich konnte so ohne groß hinzusehen feststellen, dass ihre schlanken und wohlgeformten Beine tatsächlich bis oben reichten. So bis zur Hüfte eben. Der Slip war zu sehen. Feine Ansicht. Schöne Aussichten auf den weiteren Abend.

In der ersten Hälfte des Filmes passierte nicht viel. Ein bisschen näher zusammenrücken und ein Kuss hier und ein Kuss da. Meine rechte Hand, die sonst am Schaltknüppel liegt, rutschte leicht auf Rotrauds linken Schenkelbereich. Den bedeckten, wohlgemerkt. Sie ließ das ohne Murren zu und strich ihrerseits über meinen rechten Schenkel. Oder besser gesagt: Sie streichelte meinen rechten Oberschenkel bis in die Grauzone. Ihr wisst schon, was ich meine.

Nach vierzig Minuten: Halbzeit. Filmpause. Rotraud ab zur Toilette. Ich nicht. Ich musste ja nicht pinkeln oder sonst was.

Während ich noch überlegte, wie sich der Abend (oder die Nacht) weiter entwickeln würde oder könnte, kam Rotraud zurück. Beim Einsteigen verrutschte der Rock ein wenig und ihr blankes, nacktes Bein wurde in seiner gesamten Länge sichtbar. Ich tat so, als würde ich nichts sehen und fragte, ob sie noch etwas trinken wolle. Sie bejahte und ich begab mich noch einmal in die stinkige Pommesbude, um noch zwei Cola zu holen.

Es war wirklich heiß an diesem Abend, so um die 30 Grad immer noch. Daher hatte ich auch nur ein kurzärmeliges T-Shirt an und auf Socken in den Sneakers verzichtet.

Wieder im Auto, fing dann der zweite Teil des Films an. Rotraud zog an ihrer Cola über den mitgebrachten Strohhalm. Ich trank direkt aus der Dose. Der zweite Teil war ebenso langweilig wie der erste und so beschäftigten wir uns dann wieder mehr mit uns. Erzählten Geschichten aus unserem bisherigen, eigentlich sehr kurzen Leben. Wünsche, die wir hatten, Träume, die wir zu verwirklichen gedachten und Erlebnisse, die wir, unabhängig voneinander, hatten. Wir redeten also über Gott und die Welt.

Zwischendurch einmal wieder Küssen und streicheln. Alles sehr romantisch.

Weiter als bis zu gegenseitigem Streicheln und Küssen wollte wohl an diesem Abend keiner von uns gehen. Hatte ich jedenfalls das Gefühl. Obwohl mich der Schlitz im Rock und der darunter befindliche Bereich schon sehr reizte und ich mich ein wenig zusammennehmen musste, um nicht anzugreifen. Ansonsten war ich eigentlich nicht so schüchtern. Vielleicht lag es daran, dass Rotraud irgendwie auf meiner Wellenlänge lag und ich dabei war, mich ernsthaft in sie zu verlieben. Kaum zu glauben.

Der Film war zu Ende. Wir reihten uns in die Schlange der ausfahrenden Fahrzeuge ein und machten uns Richtung Heimat auf. Fahrzeit ungefähr eine halbe Stunde. Auf der Autobahn, kurz vor der Abfahrt, die ich nehmen musste, begann Rotraud an meinen mit Knöpfen versehenen Hosenschlitz zu fummeln. Sie öffnete den Gürtel, dann die Knöpfe und rutschte mit ihrer Hand etwas tiefer in Richtung meines Schoßes. Hoffentlich wird die dir nicht gleich an das Gemächte gehen, dachte ich so bei mir. Da komme ich doch glatt noch von der Fahrbahn ab.

Analog zu ihrer Fummelei legte ich meinen rechten Arm um ihre Schulter und gelang so leicht an ihre rechte Brust. „Komm, lass uns in den nächsten Wald fahren", hauchte sie, ohne ihre Hand von mir zu lassen.

Ich fuhr also eiligst von der Autobahn herunter und bog direkt in ein hinter der Autobahn gelegenes Waldstück ab, um in einer ungefähr 300 m entfernt liegenden Lichtung anzuhalten. Hier störten wir niemanden und wurden auch nicht gestört. Diesen Bereich kannten nur Einheimische, die tagsüber mit ihrem Hund spazieren gingen. Sonst niemand.

Als ich meine Hand in den Rockschlitz steckte und meine Hand an ihrem bloßen Schenkel aufwärts führte stellte ich fest, dass sie kein Höschen mehr trug. Sie muss es schon im Autokino, vermutlich auf der Toilette, ausgezogen haben. Also weg mit dem Rock und weg mit meiner Hose.

Wir Ihr wisst, ist der Bassist ja neben dem Schlagzeuger für die Rummserei zuständig, also dieses dumpfe Getöse. Und beim Bass kann man nie genau verifizieren, wo dieses dumpfe und tiefe Gerummse eigentlich genau herkommt, nicht? So war das ungefähr in dieser Nacht. Weil: Ich bin ja Bassist!

Und so ging das Spiel weiter. Zwischendurch wurde eine Zigarette geraucht. Oder auch mehr als eine. Immer zwischendurch. Und so vergnügten wir uns die halbe Nacht in meinem Auto, waren nassgeschwitzt, zeitweise völlig außer Atem und wir konnten vor lauter Qualm schon fast nichts mehr sehen.

Also öffnete ich mein Fenster eine Handbreit, um etwas frische Luft hereinzulassen. Alle Scheiben waren beschlagen. Und nachdem der Qualm sich etwas verzogen hatte, schloss ich das Fenster wieder. Und so lagen wir nackt, nur eine Decke aus meinem Kofferraum über unsere Körper gelegt, bis morgens um vier Uhr im Auto. Unterhielten uns, machten ein paar Pläne und streichelten uns gegenseitig noch einmal hoch. Ein letztes Mal noch. Dann ging gar nichts mehr. Wir zogen unsere Klamotten wieder an, viel war es ja nicht, und ich fuhr Rotraud nach Hause.

Dort angekommen, brachte ich sie noch bis zur Haustür. Es wurde schon hell. Die Nacht war vorbei und zumindest ich würde diese Nacht so schnell nicht wieder vergessen. Wie es Rotraud ging, kann ich nicht sagen. Wir sahen uns nämlich nie wieder. Komischerweise hatte keiner von uns beiden versucht, mit dem anderen noch einmal Kontakt aufzunehmen.

Erinnerung an STEAM: „Na Na Hey Hey Kiss Him Goodbye"!

Ungefähr zwanzig Jahre später habe ich sie noch einmal kurz wiedergesehen. Sichtlich gereift. Äußerlich nicht mehr besonders attraktiv, da ihre klasse Figur sich doch sehr verändert hatte. Vielleicht hatte sie Kinder? Oder war krank? Ich traute mich nicht, sie anzusprechen. Es war in einer Konditorei in unserer Stadt. Über den rückwärtigen Regalen, an der Wand hinter der Bedienungstheke, war ein riesiger Spiegel angebracht. Wenn man also vor der Theke stand, konnte man den davor stehenden Personen ins Gesicht sehen. Vorderansicht aus dem Spiegel sozusagen.

Sie trug kurze Haare, ihr Gesicht erschien mir ein wenig aufgedunsen. Alkohol vielleicht? Keine Ahnung. Sie hatte mich aber auch gesehen und wohl auch erkannt. Kurz bevor sich unsere Blicke im Spiegel trafen, schaute sie jedoch weg. So konnte ich annehmen, dass auch sie kein Interesse an einem Gespräch hatte. Kein Gruß. Kein „Hallo". Kein Tschüss. So war die Sache. Damals mit Rotraud.

Nach einigen weiteren Bekanntschaften nach Rotraud, auch einigen wenigen etwas länger andauernden, holte mich dann das Leben ein. So, wie ich es eingangs bereits geschildert habe. Beruf, Musik, Ausland, Deutschland, Beruf, Musik. Und Alica.

Kapitel 6 – 80er

Die 80er Jahre brachten bei mir wieder einen Schnitt, einen Cut. Allerdings einen, der wehtat. Wie in der Musik. Im Rückblick stellte und stelle ich fest, dass in der Musik in jedem Jahrzehnt etwas Außergewöhnliches passierte. Bei mir war es fast genauso. In jedem Jahrzehnt eine Überraschung.

Alica und ich ergänzten und verstanden uns ohne Worte. Ein Blick von dem einen oder von dem anderen: Alles klar! Auf der Bühne wie Privat. Sensationell. So etwas hatte ich noch nie erlebt. So krass wir uns bei den Proben auch bekriegten. Die Streitereien dienten uns allen und der damit verbunden Einstellung zur Musik, die wir machten. Die Zusammenarbeit mit den anderen Bandmitgliedern war nie ein Problem. Sie respektierten und akzeptierten unsere Beziehung. Und wir stellten diese Beziehung auch nie zur Schau. Auf der Bühne wie beim Proben waren wir Hotte und Alica und nicht das Liebespaar Alica und Hotte. Keine Vorteile. Keine Nachteile. So professionell, wie ich es aus der Arbeit in den Staaten gewohnt war, so professionell verhielten wir uns gegenüber unseren Kollegen, Mitstreitern, den Familien, den Freunden und Bekannten.

Unter Musikern hilft man sich gegenseitig. Wenn also einmal etwas nicht so klappte, wie es gewünscht war im Ergebnis, feilten alle gemeinsam an einer Verbesserung oder an der Lösung des Problems. Wobei ich mich mit meinem angeborenen Helfersyndrom immer als erster anbot, etwas zu bewegen oder zu tun. So war ich eben vom Naturell. Hatte ich von meinen Eltern geerbt. Die waren genauso. War ja nicht schlecht, wurde aber öfters schon mal ganz doll ausgenutzt.

Entgegen unserem Vorhaben, nicht kommerziell aufzutreten, wurde uns von verschiedenen Stellen angebo-
ten, offiziell etwas zu machen. Ein Auftritt im Jugendheim
da, eine Benefiz-Veranstaltung dort. Dann fiel irgendwann irgendwo eine Coverband auf einem Schützenfest
aus. Wir sprangen auf Bitten von Bekannten ein. Ein Pas-
tor bat um einen Kirchenauftritt unter dem Motto: „Kirche
und Jugend". Sonntags. Das war eigentlich auch nicht unser Ding. Wir machten es dem Prediger zum Gefallen
trotzdem. Der wollte uns sofort vorbuchen. Das lehnten
wir aber ab.

Alica stand natürlich ob ihrer Erscheinung und ihres
Könnens bei allen Auftritten immer im Rampenlicht und
war sicher für die Jungs im Publikum eine Augenweide.
So schmusig und balladesk sie bei ruhigeren Titeln zur Sache ging, so raste sie plötzlich entfesselt über die Bühne
bei rockigen Sachen. Sie explodierte förmlich. Und sie
hatte eine unglaubliche gesangliche Begabung. Traf alle
Töne, brauchte kaum Zeit zum Einsingen. Riefst du ihr zu:
„ABBA-Dancing Queen", dann kam Dancing Queen. Im
Duett mit Harry. Sie die oberen, er die untere Melodieführung. Tonal sorgsam vorher aufeinander abgestimmt und
bis zum Exzess stimmlich geprobt, bis es passte. Sie
konnte „Hells Bells" von AC/DC singen oder „Message
In A Bottle" von POLICE. Aber auch „Sittin' On The Dock
Of The Bay", eigentlich undenkbar, dass das Stück eine
Frau singt. Bei ihr klang das einfach. Phänomenal. Sorry.
Ich sollte hier nicht so viel Lob auf Alica versprühen. Zu-
mal sie selbst ein bescheidener Mensch ist.

Anmacherei seitens des männlichen Publikums begeg-
nete sie mit Ablehnung, aber auf die ihr eigene charmante
Art. Und so fühlte sich niemand ernsthaft zurückgewie-
sen oder war gar beleidigt.

Und hier trat wieder zutage, was allen in der ersten Reihe stehenden Musikern widerfährt: Sie werden gern schon einmal von den weiblichen Gästen angemacht. Unseren Drummer oder mich beachtete man dagegen kaum. Wir waren ja hinten. „In the Back Row".

Einen großen Teil unserer Arbeit machten Dennis und Harry. Alica gab dann ihre Stimme dazu und es wurde herumgebastelt: Musste die Tonlage leicht verändert werden? Sollte eine Oktave höher oder tiefer gesungen oder gespielt werden? Tausend Sachen waren zu beachten, um korrekt rüberzukommen bei den Veranstaltungen.

Nach einiger Zeit des unermüdlichen Probens waren wir so gut aufeinander eingestimmt, dass fast so gut wie nichts mehr schiefging. Bis auf die eine oder andere gerissene Saite oder mal ein durchgeschlagenes Fell, ein gebrochenes Kabel oder der Ausfall eines Röhrenamps. Oder Sicherung defekt. Alles halb so schlimm. Wir hatten von den Gagen immer für genügend Ersatzmaterial für alle Bereiche gesorgt. Das hatte ich mir damals ja bei der Band von Elke schon abgeguckt und nie vergessen. Kurz und gut: Wir waren eine gutgeölte Coverband.

Saiten, Kabel, Röhren, Sicherungen, für die Gitarristen standen für alle Fälle Ersatzinstrumente bereit. Meist zweite Wahl. Also nicht unbedingt die Gibson Les Paul Gold Top, sondern eher die Hobbyausgabe von diesem Teil. Günstiger eben.

Die Jubiläumsfeier einer großen Bank stand an und wir wurden gebucht als Begleitband für einen deutschen Schlagerstar, da die Tourmusiker anderweitige Verpflichtungen hatten und nicht zur Verfügung standen. Dieses Engagement kam auf Bitten und durch die Vermittlung des Konzertmeisters des Orchesters zustande, in dem der Vater von Alica und Jorge arbeitete.

Die Agentur des Künstlers stellte uns rechtzeitig, nämlich eine Woche vor dem geplanten Auftritt die 21 Songs zur Verfügung, die wir zu spielen hatten. Der Künstler, den ich hier einmal der Einfachheit halber Freddy Rampenberg nennen möchte, war sehr extrovertiert, aber laut Aussage seines Managements ein umgänglicher Typ. Wir kannten ihn höchstens vom Fernsehen oder aus dem Radio. Schlagermusik war ja nicht so unbedingt unser Ding.

Und so unglaublich es klingt: Wir schafften uns innerhalb einer knappen Woche tatsächlich die 21 Songs, die gefordert wurden, drauf. Da die Partituren teils auch noch für Gebläse (Saxofon, Klarinette und Trompete) ausgerichtet waren, mussten wir hier ein wenig improvisieren und luden einen befreundeten Musikerkollegen als zusätzlichen Keyboarder ein. Der sollte dann die Gebläseteile zumindest annähernd auf seinen beiden Keyboards intonieren.

Was ja auch zu dieser Zeit schon kein großes Problem mehr war, da er ein YAMAHA DX-7 besaß. So ein Allround-Teil, das von einem KURZWEIL-Masterkeyboard angesteuert wurde. Jetzt höre ich aber auf mit dem Technik-Kram. Wird sonst langweilig.

Wichtig war, dass die Songs standen. Dafür haben wir auch täglich bis zu sechs Stunden im Keller geprobt. Erstaunlich, was mit intensiver Arbeit alles so zu schaffen ist.

Am Tag des Auftritts in einer großen Halle, die Anlage stand, die PA und FoH waren bereits getestet und eingestellt, kam zuerst der Manager, um die PA und, wie sich bald herausstellen sollte, auch uns, abzunehmen. Ich sah

schon das Kennzeichen an seinem 500er Benz. Ostwestfä-
lische Provinz. Dann Ablaufstrategie. Alles schön schrift-
lich für unseren Mixer, den Lichtmann und den Moderator. Letzterer war irgend so ein Radioheini von einem
überregionalen Radiosender. Aber ein toller und umgänglicher Typ.

Der Manager von dem Künstler aber: Absoluter Flach-
mann, wenn ihr wisst, was ich meine. Feinster Anzug,
weißes Rüschenhemd mit Fliege und rote Schuhe. Lack.
Igittigitt. Gegeelte, lange schwarze Haare. Streng alles
nach hinten mit der Endung in einen Pferdeschwanz. Und
Rouge hatte der aufgelegt. Boah Ey!

Der Typ war ungefähr sechzig Jahre alt, kam aber rüber
wie zwanzig. Seine erste Frage an mich: „Wie. Nur ein Mixer für das Pult? Wo sind die anderen?" Ich erklärte ihm,
dass wir die Songs alle draufgeschafft haben und somit
musikalisch auf der sicheren Seite waren. Und dass wir
eben nur einen Mixer oder Toningenieur für das Mischpult brauchen, da die Mikrofonabnahme für Bassdrum,
Hängetoms, Becken, Snare und Gesang ja feststanden. Die
Lautstärke hätten wir schon vormittags auf die Halle abgestimmt. Und die FoH (Front of House) würde von dem
hauseigenen Tontechniker bedient und steht auch schon.
Allein das Gesangsmikro für den Künstler sollte noch einmal abgestimmt werden. „Oder sollen wir das eben machen?", fragte ich den Gelackten.

„Um Gottes willen!", rief er in die Halle. „Sind sie denn
von allen guten Geistern verlassen? Da ist Herr Rampenberg ganz eigen. Das macht er natürlich selbst!"

Natürlich! Macht der selbst, dachte ich. Um dann wieder alles zu kippen und neu einzuregeln.

Ich rief den Tontechniker, den wir mitgebracht hatten. Er sollte dem Meister eben einmal erklären, dass alles passend war. Ronald, der Tontechniker, kam angerannt und bestätigte meine Aussagen. „Na", ereiferte sich Lackschuh. „Das möchte ich jetzt erst einmal selbst hören!"

Also rief ich unsere Band zusammen. Wir stöpselten ein und begannen mit dem ersten Song. Schien ihm aber nicht auszureichen. Also noch den zweiten Song. Dann noch den Dritten. Dann war Schluss.

Er meinte, dass die Bassdrum zu laut abgenommen würde und Alica im Background zu laut wäre. Ich versuchte ihm zu erklären, dass die Backing-Vocals erst dann nachgeregelt werden können, wenn das Hauptmikro des Künstlers in Action ist und gemeinsam gesungen wird. Also zusammen mit den Backing-Vocalisten(innen).

„Na, dann muss einer von ihnen eben an das Lead-Micro und vortragen, oder nicht?", entgegnete er. Klugscheißer, dachte ich bei mir.

Eddie opferte sich also und trug einen der älteren Hits des großen Meisters dann vor. Solange, bis Mister Manager mit der Lautstärke und der Halleinstellung zufrieden war.

Dass das alles wieder geändert werden musste, wenn der Künstler selbst hinter dem Mikro stand, ahnten wir, sagten aber nichts weiter.

Nachdem dann auch das Mikro für die Bassdrum runtergedreht war, schien für ihn alles o.k. zu sein. Bis eben auf das Personal für FoH und Bandmixer. Da hegte er doch tatsächlich weiterhin völlig unberechtigte Zweifel. Und die konnten wir ihm auch nicht nehmen. Sein Bla-Bla-Bla war unerträglich und zeigte uns, dass er von der

Technik wenig bis keine Ahnung hatte. Und gerade er sollte doch als Manager und / oder Agent des Künstlers schon bei vielen Konzerten des Meisters zugegen gewesen sein. Bis dann endlich der große Künstler eintraf, hörten wir zwar zu, äußersten uns aber nicht.

Der Künstler kam, wie wir ihn aus dem TV kannten, in Anzug mit Schal. Seine blonden Haare wehten ein wenig wild um seinen Kopf. Sein Manager klärte ihn auf, dass die Mikros nicht korrekt abgenommen waren, dass die Bassdrum zu laut war und das Personal an den beiden Mischpulten seiner Ansicht nach unzureichend wäre. Über den Lichtmann verlor er schon kein Wort mehr. Den hatte er offenbar vergessen.

Rampental stellte sich uns kurz vor, was natürlich vollkommen unnötig war und bat um zwei, drei Songs. Den Wunsch erfüllten wir ihm natürlich. Ronald drehte an seinem Mixer noch ein wenig an zwei, drei Knöpfen. Fertig war die Laube. Der Künstler zufrieden. Sein Manager aber suchte noch nach Schwachstellen, bis ich ihn zur Seite nahm und folgenden Spruch reindrückte:

„Herr xxx. Haben sie bitte Verständnis dafür, dass wir eine semiprofessionelle Rockband sind und keine Gala- oder Showband. Auf Wunsch des Auftraggebers, nämlich der Bank, sind wir eingesprungen, da sie keine geeigneten Musiker fanden für diesen Abend, beziehungsweise die Tour-Musiker von Herrn Rampenberg anderweitige Verpflichtungen haben. Wir haben uns also innerhalb einer knappen Woche alle gewünschten Titel, die sie oder ihr Büro uns in Form von Notationen zur Verfügung gestellt haben, draufgeschafft und beherrschen die Songs auch, wie sie ja vorhin zumindest teilweise schon feststellen konnten. Sie werden am Ende des Abends erleben, dass alles zur vollsten Zufriedenheit aller Beteiligten abgelaufen ist. Einschließlich der personellen Unterbesetzung, die sie meinen, festgestellt zu haben. Und jetzt lassen sie uns bitte unsere Arbeit machen. Ach ja. Und beachten sie bitte, dass unser Auftraggeber die Bank ist und nicht sie oder ihr Büro. Vielen Dank für ihr Verständnis. Sollten sie jedoch noch weitere Wünsche haben, wenden sie sich bitte direkt an mich und nur an mich."

Erstaunt und mit hochgezogenen Augenbrauen sah er mich an und sagte: „Wie. Wer sind sie denn? Sind sie der Bandleader, oder was? Und wie kommen sie darauf, dass die Bank ihr Auftraggeber ist? Auftraggeber ist mein Management, mein Büro eben."

Ich erwiderte, leicht angesäuert: „Mein Name ist Hotte. Einen Bandleader gibt es bei uns nicht. Alle sind gleichberechtigt. Ich erlaube mir aber angesichts der nun entstandenen Situation, dass ich mich als Sprecher der Band anbiete. Ich habe einen Vertrag mit der Bank, nicht mit ihnen. Und wir werden auch von der Bank bezahlt. Nicht von ihnen. Es mag sein, dass die Bank ihren Künstler über sie gebucht hat für diesen Abend und die Abrechnung über ihr Büro läuft einschließlich Tantiemen und so weiter. Im Vertragsrecht, auch im internationalen, kenne ich mich aus. Das habe ich studiert und war drei Jahre lang in New York A & R Scouter bei xxx-Records. Sie können das gern überprüfen und meine Kollegen in der deutschen Dependance in Köln anrufen. Sorry. Aber jetzt habe ich zu tun. Ich muss mein Instrument noch stimmen. Geht ja gleich schon los", antwortete ich, drehte mich um und ließ ihn einfach mit offenem Mund stehen.

Meine Bandkollegen und Alica standen so etwa dabei in Rufweite und bekamen das Gespräch natürlich mit. Als ich zu ihnen kam, klopften mir alle auf die Schulte angesichts meiner Großtat, die eigentlich keine war. Wir lachten uns aber leise und heimlich natürlich in' s Fäustchen. Mit solchen Typen hatten wir es in der Vergangenheit immer mal wieder zu tun gehabt. Mit sogenannten Managern oder Agenten. Manchmal mit beiden Typen in einer Person. Einige waren tolle Leute. Andere waren so ätzend wie dieser Lackaffe.

Kurz darauf hörten wir aus dem kleinen Saal nebenan, in dem das Häppchen-Buffet für die geladenen Gäste aufgebaut war, laute Stimmen. Da schien sich der Manager auch irgendwie eingebracht zu haben. Jetzt wurde er kurzerhand vom Saalpersonal nach draußen bugsiert. Wieder konnten wir uns ein geschmeidiges Lächeln nicht verkneifen. Den Ganneff hatten wir dann für den Rest des Abends nicht mehr gesehen. Der war vermutlich aus Frust bereits abgereist. Schade. Hat das Beste verpasst, der Arme.

Die fast dreistündige Vorstellung im Anschluss mit ungefähr 700 Gästen verlief dann reibungslos. Viele nette Sprüche des Künstlers in den Pausen und ein kompaktes, aber durchaus gelungenes und korrektes Programm ohne Tiefen.

Der Radiomann, also der Moderator, der durch das Programm führte, trug einen nicht unerheblichen Anteil an das Gelingen dieses Abends bei. Und bei uns? Keine verpassten Einsätze, keine tonalen Widrigkeiten. Alles gut.

Der Künstler war hochzufrieden und unterhielt sich hinterher noch mit uns hinter der Bühne. Er wollte wissen, wie lange wir schon zusammen spielen und was wir sonst machen und so weiter. Zum Abschluss übergab er uns noch jedem eine Karte von sich mit der Einladung auf ein

Hockey-, Pferde- oder Golfturnier. Ich weiß es nicht mehr genau. Es sollte aber wohl im Sommer ganz in unserer Nähe stattfinden. Eine reine Höflichkeitsfloskel. Wir verabschiedeten uns dann und begaben uns an das reichliche Restbuffet.

Gegen 1.00 Uhr nachts war dann so gut wie alles vorbei und wir konnten unsere Anlage abbauen und verstauen. Gegen 4.00 Uhr morgens waren wir dann alle zuhause.

Am nächsten Abend wurde dann abgerechnet. Da ich als Kaufmann alles korrekt angemeldet hatte und mir die Buchhaltung oblag, blieben für jeden von uns nach Abzug aller Kosten, Steuern, Künstlersozialkasse und so weiter rund DM 1.500,00 übrig. Das war nicht schlecht. Unser Tontechniker war freischaffend und bekam eine Pauschale, die wir schon berücksichtigt hatten. Aber noch einmal Schlager? Nee. Danke. Das war nicht unser Ding. Höchstens, wenn die Gage wieder stimmte! Oder doppelt so hoch lag.

In der näheren Zukunft gab es noch öfters Anfragen für Auftritte. Da wir aber kommerziell nicht zwingend arbeiten wollten, sondern unsere Musik eigentlich nur für uns zum eigenen Spaß machten, kam es zwar noch hin und wieder zu Auftritten am Ort. Zum Beispiel in der örtlichen Bowling-Bahn, in der wir im vierzehntägigen Wechsel mit einer anderen Band freitags und samstags spielten. Generell aber hatten wir des Geldes wegen Auftritte zu akquirieren, nicht nötig. Auch wenn das überheblich klingen sollte. Wir musizierten wirklich just for fun. Für uns eben.

Die ersten Studios in den USA mussten in den 80er Jahren aufgeben, da die Digitaltechnik immer weiter die Analogstudios verdrängte. Analog wurde also von Digital verdrängt. Der Walkman wich dem Discman; die Schallplatte wich irgendwann der CD. Für mich persönlich war Analog immer die ehrliche und korrekte Art der Aufnahme. Egal ob im Studio oder Live auf der Bühne. Röhrenamps, die dreckig und ehrlich klangen, wichen Transistoramps, die zwar auf kleinerem Platz mehr anbieten konnten und im Endeffekt auch preiswerter waren, aber bis zur Reproduktion des echten Röhrenklangs war es noch ein weiter Weg. Es wurde Software entwickelt, damit konntest du digital ganze Orchester erklingen lassen. Ohne einen einzigen Musiker.

Somit war für uns Mitte, respektive zum Ende der Achtziger Jahre eigentlich Schluss. Denn wir waren Analog-Junkies der ersten Rock'n'Roll-Generation. Damit waren wir alle aufgewachsen. Die Musik, die in den 80er Jahren aufkam, passte nicht mehr in unser Konzept. Und so coverten wir immer noch den Rock'n'Roll der 50er und 60er Jahre, die Rockmusik aus den 60er und 70er Jahren und einige wenige Musik aus den 80er Jahren. Ich kann und will hier gar nicht alle Bands und Künstler aufführen, die wir im Repertoire und gecovert hatten. Es hätte sicher für abendfüllende Auftritte mehrerer Tage hintereinander gereicht. Doch der aufkommende Punk, der Hip-Hop, Rap und Techno, das war nichts für uns. Wir hörten und spielten immer noch Kinks, Stones, Animals, Yardbirds, Small Faces, Jimi Hendrix, Cream, Clapton, Deep Purple, Uriah Heep, Jethro Tull, Nazareth, Thin Lizzy und später auch Boston, Rush, Dio, Rainbow und solche Sachen. Zwischendurch auch einmal ABBA. Dann doch wieder mehr Blues und Blues-Rock oder Rhythm'n'Blues von Chicken Shack, Ten Years After, Fleetwood Mac und Mothers Finest. Letztere kamen allerdings schon mehr aus der Funk-Rock-Ecke.

Und auch wenn Tom Scholz von Boston auf der Albumhülle des ersten Albums in Worten versichert, dass alles ohne Overdubs und sonstige Tricks aufgenommen worden ist: Ein Restzweifel bleibt auch hier. Obwohl: Ich habe die Jungs live auf der Bühne erlebt. Und da kann ich nur sagen: Hut ab! Die verstanden tatsächlich ihr Handwerk und haben das komplette erste Album korrekt rübergebracht. Ohne Hilfen von hinter der Bühne und so weiter. Wie wir es heute teils ja immer noch kennen und visuell erleben. Du hörst eine Orgel und siehst nichts. Der Organist kommt entweder vom Band oder der Keyboarder sitzt hinter der Bühne. Zum Beispiel: Fleetwood Mac mit ihrem Live mitgeschnittenen Album THE DANCE, auch auf DVD erhältlich. Du hörst bei fast jedem Titel die zweite Gitarre, siehst den Gitarristen aber nicht. Der wird höchstens dann auf der Plattenhülle oder der DVD-Hülle unter weitere Credits genannt.

Der größte Beschiss aber ist, wenn eine Band oder ein Musiker live auf der Bühne spielt vor tausenden von Zuschauern. Da ist dann aber gar nichts live. Bis auf die Herumhampeleien der Musiker. Alles andere kommt über die PA. Ohne Frage könnte der größte Teil dieser „Musiker" auch musizieren. Nur der Einfachheit halber oder weil der Sänger gerade stoned oder erkältet ist, greift man eben zum Teil- oder Vollplayback. Das kennen wir ja schon aus früheren Jahren aus dem TV. Der Künstler bewegt nur noch seine Lippen. Manchmal auch, oh Schreck, asynchron. Oder der Künstler versucht wenigstens, live zu singen. Die Musik kommt vom Band. Beides ist meines Erachtens nach großer Mist.

Dabei, also bei diesem Digitalzeugs, da wollten wir nicht mitmachen und gaben die ganze Musikgeschichte schließlich auf. Nur ein paar Monate noch. Es gab auch für uns nichts bewegend Neues im Musikmarkt, für das es sich gelohnt hätte, weiter zu covern.

Für Alica habe ich allerdings noch einen Song geschrieben, den wir auch geprobt und gespielt haben. Titel: „Mighty Fire Woman". In Anlehnung an „Fire Woman" von THE CULT. Ähnlich treibend und hart rockend. Natürlich hat Alica gesungen und explodierte bei dem Song auf der Bühne wie im Proberaum.

Alica und ich blieben zusammen. Wenn auch ihr Studium sie über alle Maßen forderte. Sie studierte Musik und war auf dem Weg zur Konzertmeisterin. Spielte also irgendwann die erste Geige, wie man so sagt. Oder auch Violoncelli.

Mit der ausdrucksstarken und variablen Stimme und ihrer Live-Performance wäre sie sicher eine Bereicherung für jede Band, auch auf internationalem Parkett, gewesen. Aber so ist das eben. Ich weiß selbst gar nicht, wie vielen unentdeckten Talenten ich im Laufe meines Lebens begegnet bin. In den USA, in Großbritannien und auch hier in Deutschland.

Und darum erstaunt es mich noch heute, wie viele Nichtkönner und Stümper plötzlich in den Plattenläden standen und auch tatsächlich verkauft wurden.

Wie immer im Leben hatte unsere gemeinsame Zeit, die ich gern fortgesetzt hätte, irgendwann ein Ende. Obwohl wir eigentlich so gut wie verlobt und ich weiß nicht mehr wie viele Jahre ein tolles Paar waren, stand ich vor der Wahl: Entweder bleibst du hier in diesem Kaff in der deutschen Provinz oder du brichst wieder einmal alle Zelte hier ab und gehst mit deinem Schatz, der dir alles bedeutet, in das noch weiter entfernte Ausland. Nämlich nach Kanada. Sie hatte ihren Abschluss und direkt über

die Vermittlung ihres Vaters ein Jobangebot, das überdurchschnittlich hoch dotiert war, bekommen. Eben in
Kanada. Bei einem weltweit bekannten Orchester.

Da stand ich nun vor einer entscheidenden Frage. Was
machst du jetzt? Unsere Liebe war immer noch mindestens so stark wie anfangs und ich war durchaus bereit, ihr
zu folgen. Denn ich war der Meinung, dass ich mit meinen
Referenzen und meinem Background durchaus im Ausland weitere berufliche Chancen hätte.

Auf der anderen Seite erkrankte mein Vater so schwer,
dass ich die Bürde der Pflege nicht allein meiner schon älteren Mutter überlassen wollte und konnte. Ich hatte ja
keine Geschwister und Verwandte waren zwar vorhanden, aber für solche Fälle nicht greifbar. Und so hatte ich
noch einige schöne Monate mit Alica, die meine Entschei-
dung in Deutschland zu bleiben, gefasst aufnahm und mit
dem ihr angeborenen Verständnis für alles Mögliche und
Unmögliche goutierte.

Ihren Eltern und Geschwistern fiel der Tag des Ab-
schieds, der ja nicht endgültig sein musste, sicher genauso
schwer wie mir. Mir zerriss es fast das Herz, als ich sie
gemeinsam mit Ihrem Vater und ihrem Bruder am Flug-
hafen in Frankfurt verabschiedete. Auch ihr fiel die Tren-
nung von ihrer Familie und von mir sichtlich schwer. Für
eine junge Frau mit dem Talent, das sie an den Tag legte,
konnte sie in Zukunft nur erfolgreich werden und ich
wollte ihr sicher kein Klotz am Bein sein, indem ich sie in
irgendeiner Weise beeinflusste.

Kurzer Rede, langer Sinn: Sie wurde sehr erfolgreich
und wir hatten noch lange Zeit einen regen Brief- und Te-
lefonkontakt. Später auch über das Internet. Leider war
sie dann sehr oft mit dem Orchester in der ganzen Welt

unterwegs. Die nahmen Schallplatten oder besser: CD' s auf und begleiteten große Künstler aus dem Klassik-, Opern- und Operettenbereich.

Die Trauer über den Verlust schlug um in depressive Phasen, aus denen ich mich immer zwangsweise selbst zu befreien wusste. Behilflich dabei waren mir in erster Linie meine Eltern, trotz der schweren Erkrankung meines Vaters und die Eltern von Alica sowie meine beiden besten Kumpels. Mit Jorge verbrachte ich noch viel Zeit. Musik ist ja auch Medizin. Und so hörte ich hauptsächlich viele der Stücke, die wir geprobt und gespielt hatten und andere Songs dieser Künstler. „The Park" von URIAH HEEP, „Child in Time" von DEEP PURPLE, "Stairway to Heaven" von LED ZEPPELIN, also eher balladeske Rocksongs gehörten zu meinen Lieblingsstücken in dieser Zeit. Aber auch GENESIS, MARILLION oder die ausladenden Improvisationen von EMERSON, LAKE & PALMER und YES, gemischt mit wieder schnelleren und rockigeren Teilen waren Bestandteile meiner Hörgewohnheiten in dieser Phase, die für mich doch irgendwie sehr bedrückend war.

Irgendwann, so nach etwa einem Jahr, brach der Kontakt zu Alica plötzlich komplett ab. Und Jorge versuchte mir schonend beizubringen, dass sie wohl höchstens noch einmal irgendwann zu Besuch nach Deutschland käme. Sie hatte, das lag wohl in der Natur der Sache und ich hatte mich damit abzufinden, einen netten Mann kennen- und auch lieben gelernt. Die Heirat in Australien stand bevor und ihre Eltern waren neben ihren Geschwistern natürlich dorthin eingeladen.

Tja. Da hatte ich mich wohl mit abzufinden. Jorge blieb ich noch eine Zeitlang freundschaftlich verbunden. Irgendwann hatte ich mich dann auch bei den Eltern von

Alica noch einmal sehen lassen und mich für die Beziehung und die Freundschaft, die sie mir entgegengebracht hatten, bedankt. Beide weinten beim Abschied und nahmen mich noch einmal in ihre Arme und drückten mich ganz fest an sich. Sie versicherten mit, dass ich jederzeit willkommen wäre und sie sich freuen würden, wenn wir in zumindest losem Kontakt bleiben könnten.

Alicas Eltern und Jorge und seine kleine Schwester, die inzwischen auch schon verheiratet ist, bekommen jedes Jahr von mir Weihnachtsgrüße. Ich bekam die ersten Jahre noch Grüße zurück. Dann später nicht mehr. Und so musste ich ein weiteres Kapitel in meinem Leben endgültig abschließen.

Ende der 80er Jahre starb meine Mutter noch weit vor meinem Vater, den ich gemeinsam mit einer Freundin aus der Nachbarschaft bis zu seinem Tode 1994 versorgte und pflegte. Zur Seite stand mir damals eine neue Freundin, die ich während meiner Tätigkeit für die Plattenindustrie kennenlernte. Zu Beginn eine reine Freundschaft, entwickelte sich daraus später eine Liebesbeziehung, die bis heute hält. Wir sind zwar nicht verheiratet, leben aber in einer eheähnlichen Gemeinschaft und für uns zwei ist das so in Ordnung.

Kapitel 7 – 90er

Mitte der 90er Jahre, mein musikalisches Equipment gab es schon nicht mehr, traf ich in meinem Heimatort zufällig vier alte Kollegen aus der Musikzeit der 60er Jahre wieder. Die vier spielten damals, sozusagen in Konkurrenz zu uns, in anderen Bands, die ebenfalls in Jugendheimen und sonstigen Freizeiteinrichtungen auftraten und dann, wie üblich für viele dieser Amateure, sich schließlich mehr oder weniger gezwungenermaßen auflösen mussten, da schulische oder berufliche Angelegenheiten vorgingen.

Diese Bands waren lokale Größen. Eine der Gruppen war bis zu ihrem Ende sogar international als Vorgruppe unterwegs in ganz Europa. Semiprofessionell also.

Wir alle hatten irgendwie die Idee, wieder musikalisch etwas aufleben zu lassen. Nicht für Auftritte, sondern, und da erinnere ich mich an die Zeit mit Alica, nur für uns. Nach zwei Treffen stand unser Entschluss dann endgültig fest. Einige hatten noch Instrumentarium und wir kamen in einem ehemals als Büro genutzten Raum in einem Gewerbegebiet liegend, unter. Ohne Miete. Kostenfrei. Also Proberaum gebongt, allerdings nur, wenn die umliegenden Betriebe Feierabend hatten. Und das war regulär in der Woche so ab 18.00 Uhr oder an den Wochenenden auch gern ganztags.

Klaus, Volker, Markus, Rainer und Hotte. Das wäre die aktuelle Konstellation der neu zu gründenden Formation. Im Einzelnen Bass, Keyboard, Gitarre, Gitarre und Drums. Volker, der Keyboarder kann singen. Markus, der Drummer kann singen. Es war ausrüstungstechnisch alles vorhanden. Nur ich, ich hatte nichts mehr.

Und so habe ich mir, in Absprache mit Conny, meiner Lebensgefährtin und ihrem o. k. zu allem, zunächst einen Bass angeschafft. Um die Kosten nicht auf die Spitze zu treiben, genügte mir ein qualitativ hochwertiger HAMER USA Cruise Bass; zunächst ein Viersaiter, kurz darauf noch ein Fünfsaiter. Als Anlage für den Bass entschied ich mich für einen Verstärker TRACE ELLIOT AH 700, einer Box TRACE ELLIOT 1048H und einer Box TRACE ELLIOT 1518 mit Celestion-Speakers. Damit hatte ich wieder eine Profiausrüstung, die sich durchaus sehen lassen konnte.

Wir kramten gemeinsam alte Sachen wieder aus und jeder von uns sollte sich seine Lieblingssongs aussuchen und vorschlagen. Im Verlaufe der nächsten Monate, die wir zu Proben ausgiebig mindestens einmal wöchentlich nutzten, entstand wieder ein tragfähiges Potential an Stücken.

Darüber hinaus entstand zwischen den Paaren eine bis heute andauernde Freundschaft. Wir fuhren gemeinsam, wenn es irgendwie ging, in den Urlaub und verbrachten einen Teil unserer Freizeit gemeinsam. Aber alles in einem gewissen Rahmen und nicht überbordend.

Nicht schützen konnten wir uns jedoch vor Anfragen für lokale Auftritte. So stellten wir erneut eine Setlist zusammen und gaben hier und da unsere Musik zum Besten. Auf Schützenfesten und Vereinsfeiern, aber auch zu privaten Anlässen. Zum neuen Repertoire gehörte auch „Country Road" von John Denver.

Hottes Gedröhne:
TRACE ELLIOT Bass-Stack

Die bierselige Gemeinde im Publikum grölte natürlich lauthals und meist falsch mit und wir brauchten, nachdem der Chor abebbte, erst einmal wieder einen Moment, um wieder reinzufinden. Die waren doch tatsächlich in der Lage, uns aus dem Takt zu bringen. Unglaublich.

Markus brachte eines Tages Willi mit in den Proberaum und stellte ihn uns als Saxofonisten und Klarinettisten vor. Nun gut. Wäre teils ja unter Umständen nicht schlecht, wenn man musikalisch etwas erweitern würde und so boten wir ihm an, dass er mit uns zusammen probte.

Willi hatte allerdings nicht nur eigene Vorstellungen, sondern war auch „aus der Übung". Das heißt, dass er sich allergrößte Mühe gab, sich einzubringen. Die technischen Fähigkeiten sind ihm aber wohl im Laufe der Jahrzehnte abhandengekommen. Hinzu kam, dass er Vorstellungen hatte, die nicht so ganz in unser musikalisches Konzept passten. Willi war Fan von Frank Sinatra und weiteren Interpreten aus den 40er und 50er. Die waren zwar immer mal wieder aktuell und hatten zeitweise wieder ihre Dauerbrenner in Hitlisten. Unser Gesamtkonzept war aber doch eher auf Rockmusik ausgerichtet.

Als Willis gefühlt 80. Geburtstag anstand (er wurde 55), suchten wie in einem Nachbarkaff ein von einem Bekannten betriebenes Tonstudio auf. Sehr professionell. Der Studiobetreiber, Gerd, war viele Jahre Hobbymusiker und hatte schon einige bekannte deutsche Bands aufgenommen und abgemischt bis zur Veröffentlichung ihrer CD`s. Instrumente brauchten wir nicht mitzubringen, da alles vorhanden war. Nur Willi, der hatte natürlich sein Saxofon und seine Klarinette dabei.

Nachdem alle Beteiligten ihre Parts eingespielt hatten, war Willi dran. Und dann begannen drei endlos lange Stunden, bis er seinen Teil zu dem von ihm gewünschten Titel „My Way" einigermaßen stolperfrei eingespielt hatte. Gerd ließ sich aber nichts anmerken und korrigierte später noch die falschen oder schrägen Stellen, bis wir einen pressreifen Take hatten. Für jeden von uns wurde eine CD gebrannt, für Willi sogar mit einem passenden Cover, auf dem er mit Instrument bildhaft dargestellt wurde. Das waren unser Geburtstags- und gleichzeitig unser Abschiedsgeschenk an ihn. Er sah ein, dass er in unsere Konstellation als Band einfach nicht reinpasste. Marius Müller-Westernhagen und Herbert Grönemeyer waren andere Baustellen. So Sachen wie „My Way", die konnte man eventuell als Lückenfüller noch unterbringen. Aber ansonsten war bei uns Rock angesagt. Es war trotzdem wieder einmal ein interessantes Erlebnis oder eine Episode, an die man sich gern erinnerte.

Unser Mixer-Rack war im Laufe der Zeit ganz schön aufgepäppelt worden. Neben dem Mischpult befanden sich ein DENON-Recorder, Verstärker, Effektgerät und ein Equalizer darin. So konnten wir beim Proben unsere Musik aufnehmen und hinterher auf Schwächen prüfen. So etwas hätte ich mir schon in den 70er Jahren gewünscht.

Die nächste Idee kam dann nach einem gemeinsamen Probeabend. Warum nicht einfach auf eigene Kosten eine CD mit unseren Lieblingsstücken produzieren? Die entsprechenden Kontakte waren vorhanden und eine Kleinauflage, die direkt im Tonstudio produziert wird, konnte auch nicht so teuer sein. Aber so hätten wir etwas für die Ewigkeit, sozusagen. Für die Nachwelt.

Es wurde ein Termin vereinbart. Und so saßen wir alle zusammen an einem Sonntagvormittag wieder in dem oben schon erwähnten Tonstudio und Gerd nahm sich den ganzen Tag Zeit, um mit uns aufzunehmen. Nach ungefähr vierzehn Stunden hatten wir alles im Kasten. Jeder von uns hatte fünf Songs vorgeschlagen und fünfzehn von den fünfundzwanzig Vorschlägen kamen in die engere Auswahl, die aufgenommen wurden. Nach diesem Tag, an dem wir viel Spaß zusammen hatten und jeder den anderen noch anstachelte, um noch besser zu sein und seiner Kreativität auch freien Lauf zu lassen, gingen wir gemeinsam gegen 23.30 Uhr noch in einen Club, um zu feiern.

Diese Feierei dauerte allerdings bis in den Morgen des nächsten Tages, eines Montags, an dem eigentlich alle hätten arbeiten müssen. Wir waren aber leider krank. Sorry.

Zwei Wochen später hatten wir dann unsere fertige CD, richtig schön mit Cover und allem Brimbrambrorium, in der Hand und stellten sie stolz unseren Familien und unseren Freunden und Bekannten vor. Das Teil wurde zwar nie veröffentlicht, doch der Spaß war unbezahlbar, den wir hatten.

Die einzelnen Songs auf der CD waren:

Blue Suede Shoes, Mississippi Queen, Hey Tonight, All Your Love, Crossroads, Pretty Flamingo, I Feel Free, Hound Dog, The Phoenix, Stairway To Heaven, Hymn, Rockin' All Over The World, Drive, Smoke On The Water, In-A-Gadda-Da-Vida

Genau in dieser Reihenfolge. Ein Exemplar der CD geistert heute noch irgendwo bei mir herum und es macht Freude, das Teil ab und an mal, inzwischen als MP3-File, anzuhören.

Und so spielen wir, die wir inzwischen Rock-Opas sind, immer noch lose zusammen und nehmen drei bis vier Auftritte über `s Jahr gesehen, wahr. Gern für karitative Zwecke oder im Rahmen von örtlichen oder überörtlichen Benefiz-Veranstaltungen. Immer kostenlos gegen Speis und Trank. Und meine beiden besten Kumpels von damals, die sind nie vernachlässigt worden und gehören weiter zu unserem erweiterten Freundeskreis.

Aber wieso assoziiere ich eigentlich, wenn ich die FOUR TOPS und TEMPTATIONS höre, diese eigentlich immer gleich mit HOT CHOCOLATE? Bevor jetzt einer von Euch anfängt loszulachen, so sei gesagt, dass die bereits 1969 gegründeten HOT CHOCOLATE zwischen 1974 und Mitte der 80er Jahre vermutlich die erfolgreichste britische Soul- und Funkband war. Ihr Sänger, Errol Brown, war die markante Stimme und Tony Connor und Patrick Olive waren ein tolles Rhythmus-Gespann.

Reduziert also die Jungs bitte nicht auf die tanzbaren Schmusedinger wie „Emma", sondern hört Euch einmal folgende Alben an:

Cicero Park

Hot Chocolate

Man To Man

Every 1's A Winner

Mystery

Dass HOT CHOCOLATE einen nicht unbedeutenden Einfluss auf die Entstehung der Disco-Musik hatte, will ich gar nicht bestreiten. Und dass mit Micky Most ein Schreiber am Werk war, der für Hans und Franz Hits wie am Fließband schrieb, auch nicht. Aber wer, bitte schön, kann schon sagen, dass man auf der Hochzeit von Prinz Charles und Diana aufgespielt hat?

Es gibt so viele, teils verkannte Bands und Musiker, dass es wirklich schade um sie ist. Aber man kann nun mal nicht alles und jeden hören. Ich selbst habe in den 80er und 90er Jahren noch versucht, irgendetwas Neues, irgendeine neue Musik, zu entdecken.

Aber leider ist außer THE KNACK und „My Sharona" und NIRVANA (90er) oder auch BLONDIE (70er) und eventuell noch MEAT LOAF, MARILLION sowieso und RUSH (70er, 80er) nicht viel übriggeblieben. Sorry. Das ist natürlich nur meine völlig unbedeutende Meinung.

Und da ich mich für von ‚Professoren für Rockmusik' erfundenen Begriffen wie Stonerrock, Grunge, Techno, Hip Hop, Trip Hop oder gar Electro-Pop nicht interessiere, muss ich leider schließen.

Ohne Frage mag es für viele Leser dieses Büchleins noch weit mehr interessante Gruppen und Musiker geben. Ganz ohne Zweifel. Und mit absoluter Sicherheit haben die auch ihre Existenzberechtigung. Und KYUSS klingt auch schön. GREEN DAY sowieso und mit Anbruch des neuen Jahrtausends kamen wieder neue Einflüsse zu uns und wurden und werden konsumiert und gern gehört.

Ohne Witz: Ich habe dann irgendwann aufgehört, nach etwas Neuem, etwas noch nie dagewesenem, zu suchen. Jede Note ist bereits gespielt. Und Dissonanzen in der Musik mögen zwar manchmal ganz passend und gern gehört sein. Aber aus dem Druck heraus „anders" oder gar „neu" klingen zu wollen und sogar „besser" als alles bisher Dagewesene? Nö. Da höre ich dann auf.

Einige „Sänger" brüllen auch ganz schön laut drauflos. Die brauchen kein Mikro und keinen Gesangsverstärker. Nur, wenn man, (hier: der Zuhörer), den Text nicht zur Hand hat, bleibt eben nur noch „Headbangen".

Ralf Thain – 2. Reihe rechts. Gleich neben dem Drummer!

Hotte in Action

Hottes Hauptgedöns:
HAMER USA Cruise Bass 4-Saiter

Hottes Ersatzgedonner:
HAMER USA Cruise Bass 5-Saiter

Kapitel 8 – Quintessenz

Nein. Ich bin kein Träumer. Ich habe nur versucht, den Spaß, den ich mit MEINER Musik hatte, anderen Interessierten näher zu bringen.

Der erst mäßige, später größere Erfolg, den ich sowohl im Bereich der Musik, als auch später im Beruflichen hatte, nun, die kamen ja nun nicht von ungefähr. Niemand hört im Laufe seines Lebens nämlich auf, an sich zu arbeiten. Oder doch? Ich kann für meine Person nur sagen, dass ich nie auslerne. Jeden Morgen, an dem ich aufstehe, lerne ich wahrscheinlich wieder etwas Neues hinzu.

Und wenn ich auch schrieb, dass mir in den Staaten, also den USA, einiges einfacher und leichter vorkam, so darf man sich nicht täuschen lassen. Ein altes Sprichwort sagt: „Es ist nicht alles Gold, was glänzt". Und so sollte man das auch sehen. Der erste Eindruck kann täuschen.

So sehr dem einen oder anderen auch vermeintlich „etwas in den Schoß" zu fallen scheint: Lasst Euch nicht veräppeln! Wer aufhört, an sich selbst zu glauben und an sich selbst zu arbeiten, dem droht Stillstand. Und in der heutigen Zeit ist Stillstand eben Rückschritt.

Nur durch stringentes Proben und dadurch, dass die zwischenmenschlichen Beziehungen in meinem Leben stimmten, konnten alle, nicht nur ich, in einem gewissen Rahmen erfolgreich sein. Im musikalischen wie auch in anderen Bereichen. Und dort, wo es drohte zu zerbrechen oder ich merkte, dass dieses „Zwischenmenschliche" nicht stimmt oder stimmen wird und alle Versuche im Endeffekt eigentlich nichts brachten, da zog ich mich leise zurück. Nicht mit Härte und Unnachsichtigkeit, sondern eher still und respektvoll.

Gleiches gilt natürlich für den Beruf. Bist Du nicht bereit, ein Risiko einzugehen und flexibel zu reagieren und dann eben zu agieren, bleibst Du eventuell auf einem gewissen Status Quo und wirst wahrscheinlich auch unzufrieden. Von Ausnahmen natürlich hier einmal abgesehen.

Bei mir kam der Wunsch, selbst Musik zu machen - als Hobby natürlich - schon mit neun oder zehn Jahren. Und meine Eltern ermöglichten es mir. Durch den Kontakt mit anderen Menschen entwickelte ich mich weiter, hörte zu, ließ mir Tipps geben und Tricks verraten und war immer lernbereit.

Beruflich wollte ich auch nicht „auf Zeche", wie mein Vater. Ebenfalls ermöglichten es hier meine Eltern, dass ich schulisch und später beruflich meinen Horizont erweitern konnte. Ich weiß: Man kann und darf nicht von sich auf andere schließen. Wenn man aber bereit ist, an sich zu arbeiten und Neues in sich aufzunehmen und auch anzunehmen, selbst wenn es manchmal sehr, sehr schwer fällt, so bin ich jedenfalls der Überzeugung, schafft man vieles, was man sich nicht vorstellen kann oder könnte. Manchmal mit und manchmal ohne Hilfe und Zuspruch Dritter.

Ich wollte Bassist sein und kein Akkordeon-Spieler. Ich wollte etwas von der Neuen Welt sehen und nicht in einem Provinzkaff versumpfen. Ich wollte neue, interessante Menschen kennenlernen und sie auf ihrem Weg teilweise begleiten und umgekehrt haben mich einige wirkliche Persönlichkeiten eine Zeitlang begleitet.

Manchmal muss auch der Bauch entscheiden und nicht der Kopf. Und wenn man dann plötzlich merkt, dass es vielleicht ein Fehler war, was man da gerade macht, darf man sich nicht scheuen, die Richtung zu ändern. Rückschläge und Enttäuschungen gehören zum Leben. Begegnungen können positiv sein und sich später zum Negativen hin entwickeln und umgekehrt. Alles ist möglich. Nur darfst Du Dich dann, falls sich einmal etwas schlecht entwickelt, nicht verkriechen und in Selbstzweifel und Mitleid ersaufen.

Nicht nur, aber hauptsächlich, war die Musik für mich wie Medizin. An dunklen Tagen überwogen die Moll-Akkorde. Gott sei Dank! waren das die Töne, die der Minderheit angehörten. Habt Spaß. Das Leben ist kurz.

Was alles geht? Schaut Euch Sina an (SINA DRUMS auf YouTube)* und verfolgt ihre Geschichte

Schaut auf die Website von www.classic-rocks.de* und www.girls-got-groove.com*

Lest 1000 Mal gehört – 1000 Mal fast nix kapiert von Fritz Gruber**, damit ihr wisst, dass der Titel „Locomotive Breath" von JETHRO TULL eben NICHT von einer Dampf-Lokomotive handelt

Und lest vielleicht einmal „Good Times"***, damit ihr eine ungefähre Vorstellung davon bekommt, welche Musik mich beeinflusste

Epilog

Wer oder was hat mich dazu bewogen, die Musik zu einem festen Bestandteil meines Lebens zu machen? Und wer oder was hat mich beeinflusst, ausgerechnet Bassist zu werden?

Wie ganz zu Anfang dieses Büchleins schon erwähnt, spielte die unentwegte Musikberieselung mit den Songs aus den 40er und 50er Jahren eine nicht zu unterschätzende Rolle.

Als ich mit zehn oder zwölf Jahren dann bewusster und intensiver die Musik folgender Interpreten und Bands hörte, konnte ich gar nicht anders, als mir selbst in den Hintern zu treten und unbedingt auch Musik machen zu wollen (kein Anspruch auf Vollständigkeit):

THE ROLLING STONES, THE YARDBIRDS, THE ANIMALS, THE MCCOYS,

SAM THE SHAM & THE PHARAOS, THE KINKS, THE SMALL FACES,

THE SPENCER DAVIS GROUP, GERRY & THE PACEMAKERS,

TOMMY JAMES & THE SHONDELLS, THE DAVE CLARK FIVE, THE SHADOWS, THE VENTURES, THE SEARCHERS, THE BEACH BOYS, THE TEMPTATIONS,

THE FOUR TOPS, MANFRED MANN, QUESTION MARK & THE MYSTERIANS,

THE TROGGS, THE WHO, AMEN CORNER, BEE GEES, ROY ORBISON, THE EVERLY BROTHERS,

HOWLIN' WOLF, ARETHA FRANKLIN, JOHN LEE HOOKER,

ROBERT JOHNSON, ELMOR JAMES, ALBERT KING, B.B. KING, THE EASYBEATS, GARY PUCKET & THE UNION GAP, ELECTRIC FLAG, BOOKER T. & THE MG' S, CRISPIAN ST. PETERS, THEM, THE BAND, HURRICAN SMITH, JOHN MAYALL

Diese Liste ließe sich jetzt noch fortsetzen. Darauf verzichte ich aber, da ihr nur einen ungefähren Überblick davon bekommen sollt, was für Musik für mich Auslöser für meine musikalische Laufbahn oder besser gesagt: meine musikalischen Interessen, dem Grunde nach war. Und warum war für mich der Bass so wichtig? Weil ich eben irgendwie „Rhythmiker" war.

Es gibt sicher Tausende von guten und hervorragenden Bassisten. Hier in Deutschland nehme ich einmal Helmut Hattler als einen der Besten aus der deutschen Fraktion.

Ich selbst orientierte mich später eher an Gary Thain.

Beeindruckt hat mich seine Art zu Spielen bereits, als er auf einem Album von CHAMPION JACK DUPREE zu hören war. Mit knapp 13 Jahren begann er seine Karriere in Neuseeland und spielte später mit einem seiner beiden Brüder in der Band THE STRANGERS. In Australien war er Mitglied bei THE SECRETS, die eine Single veröffentlichten und sich danach auflösten. Mit der Band ME AND THE OTHERS tourte Gary anschließend durchs UK und war auch in Deutschland. Er wurde 1968 Mitglied der KEEF HARTLEY BAND.

Und als ich die erste Scheibe (Langspielplatte) von denen hörte, da war ich dann elektrisch. Endgültig überzeugte er mich später als festes Mitglied bei URIAH HEEP.

In der Besetzung Ken Hensley (keyb, g, synth, backing voc), David Byron (voc), Mick Box (g, backing voc), Gary Thain (b, backing voc) und Lee Kerslake (dr, backing voc) war das für mich die beste, aber eben auch die beständigste und erfolgreichste Besetzung der 70er.

Die Band mit dem in sein Wah-Wah-Pedal verliebten Box, ohne Frage ein Könner in der Nutzung von Wah-Wah-Effekten, im Zusammenspiel mit dem „Body-Drummer" Kerslake, dem (für mich besseren Gitarristen) Keyboarder Hensley, Sänger David Byron und Gary Thain war später, so glaube ich zu wissen, nicht mehr so erfolgreich, wie in genau dieser Besetzung.

Gary Thain starb leider viel zu früh, nämlich mit nur 27 Jahren, nachdem er in den USA bei einem Auftritt einen Stromschlag erlitt und lange daran laborierte.

Ich verweise hier insbesondere auf das Album „URIAH HEEP – Live 1973". Wer sich die Basslinien von Thain hier anhört, kann meine Begeisterung für diesen Mann sicher irgendwie verstehen. Wer weitere Hintergrundinformationen möchte, dem empfehle ich die Website www.garythain.com.

Nachfolgend eine Auswahl von Langspielplatten (und/oder CD `s), die ich empfehlen möchte. Das sind meine Favoriten. Damals wie heute. Überwiegend habe ich auf weitere Erklärungen verzichtet und nenne die mir bekannte, klassische Besetzung, die in aller Regel auch die erfolgreichste war.

URIAH HEEP

Very ´eavy......Very `umble

Salisbury

Look At Yourself

Demons And Wizards

The Magicians Birthday

Return To Fantasy

Uriah Heep Live 1973

THE ROLLING STONES

Die Besetzung mit Brian Jones war für mich die entschieden Beste. Diese Musik war der Grundstein zu meinem Entschluss 1964, Hobbymusiker zu werden. In der Besetzung Mick Jagger (voc), Bill Wyman (b), Keith Richards (g, voc), Brian Jones (g, voc) und Charlie Watts (dr) kam die im Blues verwurzelte Rockmusik bestens zur Geltung. Nicht nur wegen der Coverversionen, die sie aufnahmen und veröffentlichten. Sondern auch wegen des Stils, in dem diese dargeboten worden sind. Brian Jones, leider zu früh verstorben und auch zuletzt nicht wohlgelitten, war für mich eine treibende Kraft hinter der Band.

The Rolling Stones (beide Ausgaben, UK und US)

Out Of Our Heads

Aftermath

Between The Buttons

Get Yer Ya Ya's Out!

THE BEACH BOYS

Für mich die originale und daher auch amtliche Besetzung: Brian Wilson (voc, b, keyb), Dennis Wilson (voc, dr), Carl Wilson (lead g, voc), Al Jardine (voc, rhythm g), Mike Love (voc). Keine Poprocker, wie manchmal behauptet.

Surfin' Safari

Surfin' USA

Beach Boys Concert

Summer Days (And Summer Nights!!)

Pet Sounds

BEE GEES

Für mich eine der interessantesten Bands vor ihrer überaus erfolgreichen Discozeit. In der Besetzung Robin Gibb (p, voc), Barry Gibb (voc, rhythm g), Maurice Gibb (keyb, b, voc), Colin Peterson (dr) und wechselnden Leadgitarristen entstanden einige Meilensteine wie „1941 Mining Desaster".

1958 als Kinder-Band gegründet, hatten die Bee Gees für mich in den 60ern ihre stärkste Zeit. Abgesehen natürlich von dem Disco-Zeugs, das sie richtig berühmt machte.

Spicks And Specks

Bee Gees 1st

Idea

Odessa

THE YARDBIRDS

Keith Relf (voc, harm), Anthony „Top" Topham (leadg), Chris Dreja (rhythmg), Paul Samwell-Smith (b), Jim McCarthy (dr). Das war die Gründungsbesetzung dieser wegweisenden Band, aus der später Jeff Beck, Eric Clapton und Jimmy Page hervorgingen.

Five Live Yardbirds

For Your Love

The Yardbirds (auch als Roger The Engineer bekannt)

THE ANIMALS

Eric Burdon (voc), Hilton Valentine (g), Brian "Chas" Chandler (b, voc), Alan Price (keyb), John Steele (dr). Ebenfalls wichtige Band, später Eric Burdon & The Animals. Chas Chandler holte Jimi Hendrix aus den USA nach England.

The Animals

The Animals On Tour

Animalism

Eric Is Here

THE KINKS

Die 1964 gegründeten KINKS waren auch hier in der Besetzung von Ray Davies (voc, g, keyb), Dave Davies (voc g), Peter Quaife (b) und Mick Avory (dr) die definitiv amtliche Besetzung.

Kinks

Kinda Kinks

Live At Kelvin Hall

THE WHO

Pete Townshend (g, voc), Roger Daltrey (voc, g), John Entwistle (b, voc) und Keith Moon (dr)

My Generation

A Quick One

The Who Sell Out

Live At Leeds

TOMMY JAMES & THE SHONDELLS

Haltet mich nicht für verrückt, aber die hatten einiges mehr drauf, als nur Mony, Mony oder Crimson and Clover. Hier auch die klassische Besetzung als Referenz:

Tommy James, richtig: Thomas Jackson (voc, g), Eddie Gray, richtig: Edward Zgorecki (g), Mike Vale, richtig: Michael Vucish (b), Ronnie Rosman, richtig: Claron Rosman (org) und Peter Lucia jr. (dr).

Shondells? Ja, weil Tommy James ein Fan des amerikanischen Gitarristen Troy Shondell war.

Hanky Panky

I Think We're Alone Now

Mony Mony

Crimson & Clover

THE SEARCHERS

John McNally (voc, g), Mike Pender (voc, g), Chris Curtis (dr, voc), Tony Jackson (b, voc)

Meet The Searchers

Sugar And Spice

Second Take

The Searchers – Live In Germany (begrenzte Auflage, kaum zu bekommen!)

THE MCCOYS

Randy Jo Hobbs (b), Rick Zehringer (g), Randy Zehringer (dr), Ronnie Brandon (keyb)

Rick Zehringer nannte sich später Rick Derringer und stieß zur Begleitband von JOHNNY WINTER

Hang On Sloopy

(You Make Me Feel) So Good

Human Ball

THE SPENCER DAVIS GROUP

Spencer Davis (g, voc), Stevie Winwood (voc, g, keyb), Muff Winwood (b) und Pete York (dr)

Their 1stLP

The 2nd LP

Autumn '66

Gimme Some Lovin'

I'm A Man

THE SMALL FACES

Steve Marriott (voc, g), Ronnie Lane (b), Ian McLagan (keyb), Kenney Jones (dr)

Small Faces

From The Beginning

Odgen's Nut Gone Flake

The Autumn Stone

CANNED HEAT

Bob "The Bear" Hite (voc, harm, g), Alan "Blind Owl" Wilson (g), Adolfo "Fito" de la Parra (dr), Harvey "The Snake" Mandel (g), Larry "The Mole" Taylor (b, g)

Canned Heat

Boogie With Canned Heat

Living The Blues

Hallelujah

Live At Topanga Corral

THE JIMI HENDRIX EXPERIENCE

Jimi Hendrix (g, voc), Mitch Mitchell (dr), Noel Redding (b)

Are You Experienced?

Axis: Bold As Love

Electric Ladyland

CREAM

Jack Bruce (b, voc, harm, keyb), Eric Clapton (g, voc), Ginger Baker (dr)

Fresh Cream

Disraeli Gears

Wheels Of Fire

Goodbye

Live Cream

Live Cream Vol. II

Royal Albert Hall London May 2-3-5-6, 2005

CREEDENCE CLEARWATER REVIVAL

John Fogerty (voc, g), Tom Fogerty (g), Doug Clifford (dr), Stu Cook (b, keyb)

Creedence Clearwater Revival

Bayou Country

Green River

Willi And The Poor Boys

Live In Europe

IRON BUTTERFLY

Doug Ingle (voc, keyb), Erik Brann (g), Ron Bushy (dr), Lee Dorman (b)

In-A-Gadda-Da-Vida

Ball

Iron Butterfly Live

LED ZEPPELIN

Robert Plant (voc, harm), Jimmy Page (g), John Paul Jones (b), John Bonham (dr)

Led Zeppelin

Led Zeppelin II

Led Zeppelin III

Led Zeppelin IV

Houses Of The Holy

Physical Graffiti

The Song Remains The Same

BLACK SABBATH

Ozzy Osbourne (voc, harm), Toni Iommi (g), Geezer Butler (b, keyb), Bill Ward (dr)

Black Sabbath

Paranoid

Black Sabbath Vol. IV

Sabbath Bloody Sabbath

Live At Last

Live Evil

Reunion

ALICE COOPER

Alice Cooper, richtig: Vincent Furnier (voc), Michael Bruce (g, keyb), Glen Buxton (g), Dennis Dunaway (b), Neal Smith (dr)

Pretties For You

Love It To Death

Killer

SANTANA

Carlos Santana (g, voc), Gregg Rolie (keyb, voc), Michael Carabello (perc), Dave Brown (b), José Chepito Areas (perc), Michael Shrieve (dr)

Santana

Abraxas

Santana III

GENESIS

Tony Banks (g, keyb), Mike Rutherford (b, g, keyb), Peter Gabriel (voc, fl, bd), Anthony Phillips (g), Phil Collins (dr, voc)

From Genesis To Revelation

Trespass

Nursery Crime

Foxtrot

Selling England By The Pound

The Lamb Lies Down On Broadway

A Trick Of The Tail

Genesis Live

Seconds Out

BACHMAN TURNER OVERDRIVE

Randy Bachman (g, voc), C. F. "Fred" Turner (b, voc), Blair Thornton (g, voc), Rob Bachman (dr)

Bachman Turner Overdrive

Not Fragile

Four Wheel Drive

Japan Tour

ROXY MUSIC

Bryan Ferry (voc, harm, keyb), Brian Eno (keyb, treatments), Andy Mackay (sax, oboe), Phil Manzanera (g), Graham Simpson (b)

Roxy Music

For Your Pleasure

Stranded

Country Life

Siren

Viva Roxy Music – The Live Roxy Music Album

MANFRED MANN (nicht: Earth Band)

Manfred Mann (keyb, voc), Mike Hugg (dr), Paul Jones (voc), Klaus Voormann (b), Tom McGuinness (g)

The Five Faces Of Manfred Mann

Mann Made

Mighty Garvey!

BARCLAY JAMES HARVEST

Ich habe nie wieder eine derart sozial eingestellte Band kennengelernt. Tolle Leute.

John Lees (g, voc), Les Holroyd (b, voc, g, keyb), Mel Pritchard (dr), Woolly Wolstenholme (keyb, voc)

Barclay James Harvest

Once Again

Barclay James Harvest And Other Short Stories

Baby James Harvest

Live

Live Tapes

WISHBONE ASH

Martin Turner (b, voc), Ted Turner (g, voc), Steve Upton (dr), Andy Powell (g, voc)

Wishbone Ash

Pilgrimage

Argus

There's The Rub

Live Dates

Live Dates II

GRAND FUNK RAILROAD

Mark Farner (voc, g, harm, keyb), Mel Schacher (b, voc), Don Brewer (dr, voc)

On The Road

Grand Funk (Red Album)

Closer To Home

Live Album

Survival

E Pluribus Funk

Live – The 1971er Tour

MOUNTAIN

Leslie West (g, voc), Felix Pappalardi (b, voc), Steve Knight (keyb), Corky Laing (dr)

Als Produzent der letzten drei Alben von CREAM ging Pappalardi zurück in seine Heimat, um dort das Projekt, das CREAM musikalisch im UK mit weltweitem Erfolg angeschoben hatten, weiterzuführen.

Leslie West – Mountain

Climbing

Nantucket Sleighride

Flowers Of Evil

The Road Goes On

Avalanche

Twin Peaks

Go For Your Life

Over The Top (Best Of)

Blood Of The Sun

BAND OF GYPSYS

Jimi Hendrix (g, voc), Billy Cox (b, voc), Buddy Miles (dr, voc)

Band of Gypsys

Machine Gun

und alles, was ihr kriegen könnt

DEEP PURPLE

Ian Gillan (voc, harm), Ritchie Blackmore (g), Ian Paice (dr), Roger Glover (b), Jon Lord (hammond, keyb)

Das war wohl die „amtliche" Besetzung. Seit 1968, also der Gründung, gab es diverse personelle Besetzungen. Anfangs als Coverband verschrien, die sich an VANILLA FUDGE orientierte, die ebenfalls bekannte Stücke coverte und kraftvoll und verzerrt, manchmal auch psychedelisch angehaucht, umsetzte, kam der Erfolg in eben dieser Besetzung mit dem Album „In Rock", das ich selbst damals für 12,90 DM auf dem Grabbeltisch unter dem „HÖR ZU"-Label erstanden habe.

Shades Of Deep Purple

Fireball

Machine Head

Made In Japan (Live)

TEN YEARS AFTER

Alvin Lee (g, voc), Leo Lyons (b), Ric Lee (dr), Chick Churchill (keyb)

Ten Years After

Stonedhenge

Ssssh

Cricklewood Green

Undead

Live At The Fillmore East

Recorded Live

FLEETWOOD MAC

Peter Green (g, voc, harm), Mick Fleetwood (dr), John McVie (b), Jeremy Spencer (g, keyb, voc)

Peter Green `s Fleetwood Mac

Mr. Wonderful

Then Play On

WEATHER REPORT

Joe Zawinul (keyb), Wayne Shorter (sax), Miroslav Vitous (b), Alphonse Mouzon (dr), Airto Moreira (perc)

Weather Report

I Sing The Body Electric

Live In Tokyo

VAN MORRISON

Der mit stets wechselnden Besetzungen arbeitende Van Morrison gehört zu den Musikern, die man nicht einordnen kann. Und da ich sowieso nicht für diese Schubladen bin, hier nur ein paar der wirklich hörenswerten Werke.

Astral Weeks

Moondance

Tupelo Honey

Live At The Grand Opera House Belfast

A Night In San Francisco

CANDY DULFER

Vom Stil her sehr funky, jedoch dem Jazz verbunden. Tolle Live-Auftritte mit erstklassigen Begleitern. Ihren Gitarristen muss man einfach live gesehen haben.

Sexuality

Sax-A-Go-Go

Funked Up And Chilled Out

Live In Amsterdam

MOTHERS FINEST

Joyce „Baby Jean" Kennedy (voc), Glen „Doc" Murdock (voc), Gary „Moses Mo" Moore (g), Michael Keck (keyb), Jerry „Wizard" Seay (b), Barry „B.B.Queen" Borden (dr)

Muss man Live sehen.

Mother `s Finest

Another Mother Further

Live

Mother`s Finest At Rockpalast 1978-2003

VANILLA FUDGE

Mark Stein (keyb, voc), Tim Bogert (b), Vince Martell (g), Carmine Appice (dr)

Vanilla Fudge

The Beat Goes On

Rock & Roll

The Best Of Vanilla Fudge Live

NEIL YOUNG

Besonders die Veröffentlichungen und Konzerte mit seiner Band „CRAZY HORSE" genieße ich heute noch gern.

Neil Young (voc, g), Ralph Molina (dr), Billy Talbot (b), Danny Whitten (g), Frank „Poncho" Sampedro (g) für Whitten, der 1972 verstarb

After The Goldrush

Harvest

Rust Never Sleeps

FREE

Paul Rodgers (voc, keyb), Paul Kossoff (g), Simon Kirke (dr), Andy Fraser (b)

Tons Of Sobs

Fire And Water

Free Live!

RUSH

Geddy Lee (b, keyb, voc), Alex Lifeson (g), Neil Peart (dr)

Fly By Night

2112

Moving Pictures

Exit…Stage Left

Rush In Rio

MAN

Micky Jones (voc, g), Deke Leonard (g, voc),Ray Williams (b), Jeff Jones (dr), Clive John (keyb)

Revelation

Man

Live At The Padget Rooms, Penarth

Christmas At The Patti

Wie eingangs dieses Büchleins erwähnt, inspirierten mich auch die anderen Musikrichtungen wie Jazz, Funk, Soul. Dem geneigten Leser empfehle ich daher auch, einmal folgende Bands und Musiker anzuhören:

YES, GENTLE GIANT, PINK FLOYD, WEATHER REPORT, MAHAVISHNU ORCHESTRA, BILLY COBHAM, MOTHERS FINEST, THE TEMPTATIONS, THE FOUR TOPS, MARTHA & THE VANDELLAS, FUNKADELIC, PARLIAMENT, CANDY DULFER, VAN MORRISON, KANSAS, STANLEY CLARKE, MORPHINE

Und aus der Südstaaten-Rock-Fraktion:

THE ALLMAN BROTHERS BAND, LYNYRD SKYNYRD, THE OUTLAWS, DOC HOLIDAY, ATLANTA RHYTHM SECTION, BLACKFOOT

Der Bassist Mark Sandman von Morphine spielte übrigens einen 2-saitigen Bass. Die anderen beiden Saiten brauche er nicht, gab er einmal in einem Interview zum Besten. Und er hatte irgendwie tatsächlich Recht. Ich habe das einmal ausprobiert. Es funktionierte. Vor allem, wenn du slidest, wie Mark das machte. Von Mark gibt es eine Doku auf You Tube. Im Internet: Cure for Pain: The Mark Sandman Story. Bei Interesse einfach einmal reinschauen.

MORPHINE

Mark Sandman (b, keyb, voc, g), Dana Colley (sax, trl), Billy Conway (dr, perc), Jerome Deupree (dr, perc)

Good

Cure For Pain

Yes

Like Swimming!

Bootleg Detroit

Das kann natürlich nur eine kleine Auswahl sein. Alle mich inspirierenden Bands und Musiker kann ich hier gar nicht aufführen. Ich beschränke mich daher auf die, mit denen ich mich intensiver beschäftigt habe über all die Jahrzehnte.

Wie ich ja schon ausführte, war ich anfangs für das Herausschreiben der Melodien, Basslinien und Drums nicht nur zuständig, sondern ich habe das auch gerne gemacht. Der Einfachheit halber haben sich dann später auch alle Bandkumpels immer darauf verlassen, dass ich gleich die Texte (natürlich nach Gehör aufgeschrieben) mitliefere.

Und wie das so war, kam es hier und da selbstverständlich auch zu Hörfehlern und Texte wurden falsch aufgeschrieben. Songbooks gab es ja noch nicht. Solche Fehler wurden bei Auftritten dann in der Regel improvisatorisch gelöst. Oder besser: übergangen, in dem man seinen eigenen, improvisierten Text sang. Ronnie James Dio war ein Meister der gesanglichen Improvisation bei Live-Konzerten. Zum Beispiel.

Da ich aber ein Typ der Sorte bin, der auch gern wissen wollte, was denn da überhaupt gesungen wird, versuchte ich mich auch an Übersetzungen. Oh je. Die der englischen Sprache mächtigen Leser werden wissen, was ich meine. Du kannst die Texte nicht Eins zu Eins übernehmen. Die Aussagen sind vielfältig. Und das amerikanische Englisch ist ein anderes in überwiegenden Teilen, als das englische Englisch. Was uns allen damals aber relativ gleichgültig war. Doch so wurden die Aussagen in vielen Texten völlig falsch interpretiert.

Was mich dazu bewog, mich einmal näher mit den textlichen Inhalten oder Aussagen von Songs zu beschäftigen war die Tatsache dass, als ich einmal den Text von „From The Underworld" von der britischen Band THE HERD herausschrieb und übersetzte, ich ziemlich baff war. Zu meinem Erstaunen stellte ich fest, dass die Jungs es geschafft haben, in diesem so gut wie refrainlosen Song fast die komplette Story von Orpheus und Eurydike zu erzählen. Ich habe das mindestens zwanzigmal hintereinander gelesen. Kaum zu glauben, eine derartige Story aus der Mythologie derart kompakt zu verkaufen. Da ziehe ich meinen Hut.

THE HERD

Terry Clark (voc), Andy Bown (b), Tony Chapman (dr), Gary Taylor (g). Später übernahm Peter Frampton (g, voc) den Gitarrenpart. Genau der Peter Frampton, der später gemeinsam mit Steve Marriott (SMALL FACES) HUMBLIE PIE gründete und noch viel später Solo erfolgreich unterwegs war, beziehungsweise ist. Andy Bown gehörte später zu der Stammbesetzung von STATUS QUO.

Ich hörte dann bei den Texten genauer hin und vor allem bei so mystischen Sachen von JETHRO TULL, RONNIE JAMES DIO, GENESIS oder PROCOL HARUM, aber auch bei PAVLOVS DOG wurde ich mehr als fündig. Wahnsinn, diese Geschichten, die da erzählt wurden.

Und dann waren da noch:

MEINE Drummer:

Louie Bellson (Duke Ellington)

Maurice (Moe) Purtill (Glenn Miller)

Ginger Baker (Graham Bond Organisation, Cream)

Neal Peart (Rush)

Jon Bonham (Led Zeppelin)

Ian Paice (Deep Purple)

Cozy Powell (Rainbow)

Vinnie Appice (Dio)

Mitch Mitchell (The Jimi Hendrix Experience)

Buddy Miles (Electric Flag, Buddy Miles Express)

Michael Shrieve (Santana)

Nigel Preston (The Cult)

Billy Cobham

Steve Jordan (Blues Brothers)

Bill Ward (Black Sabbath)

Alphonse Mouzon (Gil Evans)

Butch Trucks (The Allman Brothers Band)

Carmine Appice (Vanilla Fudge)

Und unser Helmut, der aus Nichts einen Teppich fabrizierte, der mich heute noch, wenn ich daran denke, begeistert.

Heute gibt es das Internet und eine Vielzahl von Fachzeitschriften. Und den leider schon verstorbenen Journalisten Fritz Gruber, der über 300 Songs auf den tieferen Sinn untersucht hat und die Ergebnisse in einem Buch veröffentlichte:

„1000 Mal gehört. 1000 Mal fast nix kapiert"

(© Quinto, Möllers & Bellinghausen Verlag GmbH, München).

Für alle Interessierten kann ich dieses Buch wirklich nur wärmstens empfehlen.

Für Drummer und andere Musikfreunde habe ich noch drei Bonbons (im Ruhrpottdeutsch auch „Klümpchen" genannt):

Vorhin schon erwähnt: Schaut euch einmal in Internet *„girls-got-groove.com"* an.

Und auf You Tube: *„Sina Drums"*

Und: *„www.classic-rocks.de"* *(Deutsch-Englisches Musikernetzwerk)*

ROCK ON!

Oder um es mit den Worten von Bob Hite
(CANNED HEAT) zu sagen:

DON `T FORGET THE BOOGIE!

(Please NOT "to Boogie"! ;--))

Anhang

Alle Angaben stammen aus meinem Gedächtnis ohne Zuhilfenahme Dritter. Daten, Besetzungen, Namen, Orte, Veröffentlichungen etc. wurden zum allergrößten Teil meiner privaten Plattensammlung entnommen. Hilfreich waren dabei überwiegend die Angaben auf den jeweiligen Covern und/oder der Begleittexte. Es wurde nichts abgeschrieben oder auch nur ansatzweise in gleicher oder veränderter Form irgendwoher übernommen.

In einigen Fällen musste ich allerdings auf die Sammlung diverser Musikzeitschriften aus meinem Besitz oder aus dem Besitz meiner Kumpels zurückgreifen, um mein Erinnerungsvermögen aufzufrischen.

In diesem Zusammenhang vielen Dank an:

***Good Times, Music from the 60s to the 80s

Die Anmerkungen zu Bands, Musikern, Auflistungen, Daten, Beschreibungen, Ereignissen, Quellen und Links stellen die persönlichen Meinungen und Wahrnehmungen des Autors dar. Sie sollen lediglich als Anregungen für den Leser dienen und stellen keinerlei Empfehlungen, Aufforderungen oder Verpflichtungen zum Erwerb oder zum Konsum dar.

Bei dem vorliegenden Werk handelt sich um einen Roman. Dem Leser steht es frei und es bleibt ihm überlassen, die im Textteil geschilderten Ereignisse und Begebungen als fiktiv oder als real zu interpretieren.

Bild- und Quellennachweise:

© ® YouTube und © ® Google sind ‚International Brandings' und markenrechtlich weltweit geschützt.

In einigen wenigen Fällen musste ich auf die Inhalte verschiedener in meiner oder in der Sammlung meiner Kumpels befindlicher Musikzeitschriften zurückgreifen.

Hier gilt mein besonderer Dank für die freundliche Unterstützung von:

***Good Times
Music from the 60s to the 80s
NikMa Verlag, Fabian Leibfried
Eberdinger Straße 37, 71665 Vaihingen/Enz
www.goodtimes-magazin.de

Bilder Seiten 125, 126:

Hamer USA Cruise Basses by
Roman Guitars, Ed Roman
3485 West Harmon Avenue
Suite 110
Las Vegas, Nevada 89103
Very, very special thanks to Scott Krell!!!
www.romanguitars.com

Bild Seite 118:

Trace Elliot Bass-Stack by
Trace Elliot
5022 Highway 493 North
Meridian, MS 39305
www.traceelliot.com

Bilder Seiten 70, 124:

© 2016 Fotolia.com, STR Direkt GmbH

Links:

*www.girls-got-groove.com
*Sina Drums (You Tube)
*www.classic-rocks.de

Mit freundlicher Genehmigung von:

***Michael Doering
Hoefnagelsdyk 20
47647 Kerken**

Bücher:

**1000 MAL GEHÖRT – 1000 Mal fast nix kapiert

Mit freundlicher Genehmigung von:

**© Quinto, Möllers & Bellinghausen Verlag GmbH, München

Der Autor

Ralf Thain wurde im nördlichen Ruhrgebiet geboren. Nach seinen schulischen Abschlüssen und seinen Ausbildungen war er für verschiedene internationale Konzerne im In- und Ausland tätig.

Er betreibt heute gemeinsam mit seiner Frau eine kleine Werbeagentur, schreibt in seiner Freizeit und frönt seinem Hobby: Der Musik, die ihn schon sein ganzes Leben lang begleitet.

Von Ralf Thain ist im gleichen Verlag erschienen:

RUHRPOTTLÜMMEL – Zwischen Zeche und Beatclub

ISBN Softcover: 978-3-7345-4191-9

ISBN e-Book: 978-3-7345-4192-6

Danke an alle Beteiligten, die mich unterstützt haben. Bei meinen Recherchen, Ermittlungen und die meinem Gedächtnis in vielen, vielen Fällen auf die Sprünge geholfen haben.

Danke an meine Familie, die mir mit Rat und Tat (Kaffee) zur Seite stand und niemals die Nerven verloren hat oder ungeduldig wurde.

Besonderer Dank auch an Stephanie Breitfeld, Kerstin Feddersen und Mac Gordon von music-art-connection ® Records (info@mac-records.de, www.mac-records.de), der mich ab und an inspirierte, was die ,alten Zeiten' betraf.

Der interessierte Leser darf sich auf eine weitere Veröffentlichung freuen.

In Memory of:

G. T.

M. M.

Für:

Rita, Charly, Felix

MIX
Papier | Fördert
gute Waldnutzung
FSC® C083411

Zeitfracht Medien GmbH
Ferdinand-Jühlke-Straße 7
99095 Erfurt, Deutschland
produktsicherheit@kolibri360.de